인생은 비극이라고 생각할 때,
우리는 비로소 살기 시작하는 것이다.

윌리엄 예이츠

인생은 불확실한 항해다.

월리엄 셰익스피어

허물이 있다면
버리기를 두려워하지 말라.

공자

나무는 꽃을 버려야 열매를 맺고,
강물은 강을 버려야 바다에 이른다.

『화엄경』에서

인생은 언제나
정 답 이 다

인
생
에

관
한

아
흔
아
홉

가
지

오
답

인생에 관한
아흔아홉 가지 오답

초판 1쇄 인쇄 · 2020년 1월 10일
초판 1쇄 발행 · 2020년 1월 15일
지은이 · 이미경
펴낸이 · 이춘원
펴낸곳 · 책이있는마을
기 획 · 강영길
편 집 · 이경미
디자인 · GRIM / dizein@hanmail.net
마케팅 · 강영길

주 소 · 경기도 고양시 일산동구 무궁화로120번길 40-14(정발산동)
전 화 · (031) 911-8017
팩 스 · (031) 911-8018
이메일 · bookvillagekr@hanmail.net
등록일 · 2005년 4월 20일
등록번호 · 제2014-000024호

잘못된 책은 구입하신 서점에서 교환해 드립니다.
책값은 뒤표지에 있습니다.

ISBN 978-89-5639-325-4 (03810)

이 도서의 국립중앙도서관 출판예정도서목록(CIP)은 서지정보유통지원시스템 홈페이지(http://
seoji.nl.go.kr)와 국가자료공동목록시스템(http://www.nl.go.kr/kolisnet)에서 이용하실 수 있습
니다.(CIP 제어번호 : CIP2019051850)

인생은 언제나 정답이다

인생에 관한
아흔아홉 가지 오답

이 미 경

프롤로그

인생에는 정답이 없다고 누군가가 말했다. 나는 뒤집어 말해주겠다. 인생은 정답으로만 이루어져 있다. 적어도 내가 걸어온 길은 몽땅 정답이었다. 앞으로 걸어가는 길도 온통 정답으로만 이루어질 것이다. 나에게만 해당되는 이야기가 아니다. 누구라도 인생은 정답으로만 이루어져 있다고 장담하겠다. 우리가 살아가는 모든 게 정답이다. 고속도로를 직진하든 비포장도로를 꼬불꼬불 개고생하면서 돌아가든 (상관없이) 인생길은 정답으로만 이루어져 있다. 너와 내가 사는 지금 이 순간도 정답이다. 오답이라고 여기며 살지만 않는다면 인생은 언제나 정답이다.

차

레

떠나자, 부유한 노숙자처럼

　나 때문에 지구가 반쪽 나기를 바란다. 하고 싶은
건 하고 하기 싫은 건 말고, 가고 싶은 곳은 가고 가
기 싫으면 가지 않는다. 덕분에 지구가 반쪽 나기
를 기대하지만 지구는 절대 반쪽 나는 일이 없다.

자리 털고 일어나 휙 떠나버린다고 해도 지구는
잘도 돌아가고, 옆집 강아지 감기 한번 드는 일이
없다. 살아가는 동안 계속해서 지구가 반쪽 나기를
바라면서 갈 데까지 가보자.

두근두근 심장이 뛰기 시작한다. 흐린 하늘 탓에 맑디맑았던 어느 도시의 하늘이 몹시도 보고 싶어 지면서 가고 싶다. 누군가 그랬지, 사랑이 삶의 전부가 아니라고. 사랑은 여행이라고도 했던가. 사랑은 여행일 때만 삶에서 유효하다고. 혹시 여행을 할 때만 삶이 빛나는 건 아닐까?

떠난다는 건 설렘과 끌림, 평범하지 않은 새로움을 준다. 덜어내고 싶은 마음의 짐을 싣고 떠났다가 비워내기도 하고, 갖고 싶었던 것들을 채우고 오기도 한다. 시치미 떼고 묻어두었던 상처나 쿵쾅쿵쾅 두드리는 심장 소리와 마주하기도 하고, 고요한 마음의 소리를 느끼고 오기도 한다. 지나간 시간들이 충분히 아름다웠노라고 더 많은 시간이 지나도 말할 수 있다면 그것으로도 좋지 않은가.

하얀 포말이 부서지던 제주의 파란 바다, 붉은빛
이 구름 사이로 찬란했던 붉은 노을이 빛나던 여수
하늘, 하얀 비처럼 벚꽃잎 떨어지던 화엄사의 소원
을 비는 소박한 사람들. 눈을 감고 생각해보면 많
은 것들을 기억하기 위해 떠나고 돌아오고는 한다.

물 끓는 소리가 난다. 커피를 다 마시고 나면 여
행을 준비하고 떠나게 될지도 모르겠다. 봄이 너무
눈부시게 좋아서? 내리는 봄비가 맘을 설레게 한
탓? 그게 무엇이든 바라는 건 떠난 여행에서 나를
두고 오는 것.

떠나자마자 깜짝 놀란 건 인천대교 위에서였다.
공항에 가려고 버스를 타고 앉아 졸다가 문득 눈을
떠보니 엄청나게 긴 다리 위를 달리고 있지 않은
가? 헉! 버스 잘못 탔나? 멍청하게 두리번대다가 신
기한 걸 깨달았다. 평소에도 공항에 가려면 항상 이

렇게 다리를 건넜다는 것. 섬과 육지를 잇는 연륙교를 건넜다는 것.

어떻게 그걸 다 늙어서야 알 수 있는 건지 이해할 수가 없다. 영종도, 당연히 섬이다. 그러니까 가려면 배를 타든가 다리를 건너야 한다. 조금만 생각해보면 금방 알 수 있는 걸 전혀 생각도 못했고 관심도 두지 않았다는 점이다. 즉 관심이 없으면 보고도 모른다. 그게 사실이다. 우리는 우리가 보고 싶고 느끼고 싶은 욕구를 가져야 볼 수가 있다. 아니면 눈뜬장님이다.

길을 떠나려면 떠나기 전에 내 욕구가 어디에 있는지 알고 떠나야 한다.

내가 사랑한 지중해

지중해는
햇볕에 타 죽을 만큼 천천히 다녀야 한다

고대도시 히에라폴리스 파묵칼레를 떠나 3시간 버스로 이동해서 페티예에 도착하자마자, 기원전 4세기경 바위를 정교하게 깎아 만든 아민타스 석굴무덤으로 올라간다.

석굴무덤에 서면 페티예의 전경이 눈앞에 펼쳐진다. 들고양이의 오줌 냄새가 무덤을 구경하는 사람들의 코를 찔러도 아민타스 왕의 위엄은 훼손하지 못하는 듯했다. 시간에 쫓기듯 언덕을 내려온 나는 지중해의 잔잔한 물결이 아름다운 욀루데니즈 해변으로 나간다.

흥미로운 사실은, 해변가 장사하는 사람들이 "안
녕하세요."란 말과 "깎아줄게요."를 할 수 있다는
거다. 우산 하나를 들고 뒤쫓아 오는 청년의 한마디
"3달러밖에 안 해요."를 한국어로 구사하는 것이
기특하다. 먹고살려고 그러지, 너도 나처럼. 그래서
조악한 우산 하나를 냉큼 사주게 된다.

   나는 왜 이렇게 버스를 좋아하는 걸까. 누구나 힘
들어하는 시간이 내게는 즐겁다. 고도 3000미터 안
탈리아로 가는 길은 파묵칼레에서 3시간이나 버스
로 가야 한다. 해발 3000미터의 험준한 협곡 도로
를 버스로 가는 길, 가파르기는 했지만 절경만큼은
최고인 듯했다. 버스가 흔들려서 사진을 찍지는 못
했지만, 하늘도 나무도 보이는 모든 것이 아름다웠
다. 흔들리는 버스에서 음악을 들으며 구불구불 낯
선 길을 가는 맛을 안다면 버스 타고 마냥 좋아하는
나를 이해알 텐데.

지중해는 버스와 배를 타고 뜨거운 햇볕에 타 죽
을 만큼 천천히 다녀야 한다. 껍질이 홀랑 벗겨지더
라도 말이다.

이스탄불

동서양이 만나는 건 예나 지금이나 같은 이스탄불. 원래의 이름은 콘스탄티노폴리스였다. 그러다가 어느 날, 오스만제국의 술탄 메메트 2세의 공략으로 콘스탄티노폴리스의 막강하던 함대도 성벽도 속절없이 무너져버렸다. 메메트 2세는 말을 탄 채 소피아 성당으로 들어가느라 문을 헐었고, 지붕을 아라비아 양식으로 고쳐서 보기에도 요상한 건물이 되었다. 그게 바로 오늘날의 소피아 사원이다.

한때 내 시선을 끈 것은 지중해 방향으로만 온 정신을 쏟던 함대와 성벽 수비대의 예상과 달리, 커다란 배를 사막으로 끌고 가서 물에 띄우고 엄청난 대포로 성벽을 부수었다는 전설 같은 멋진 이야기였다.

그러나 생각해보면 과연 그런 것으로 콘스탄티노폴리스가 무너졌을까? 어느 한 문명사회가 무너질 때는 어처구니없는 원인이 있다. 유럽 나라들의 분열과 불신. 그로 인해 아무도 도와주지 않고 탁상에서 회의만을 하던 유럽의 신성국가들. 같은 신을 믿으면서도 절대 서로를 믿지 못했던 나라들은 콘스탄티노폴리스가 함락되도록 전혀 움직이지 않았다.

수십만 명을 희생시키면서 오랜 세월에 걸쳐 쌓아올린 만리장성을 무너뜨린 것은 엄청난 대군이 아니었다. 성안에서 누군가가 성문의 빗장을 열어서 만리장성은 무용지물이 되었다. 이스탄불은 내게 그렇게 기억되는 도시였다.

그러나 막상 이스탄불에 오자 내게 매력적으로 다가온 것은 역사도 교훈도 아닌 시장이었다. 그랜

드 바자르. 500여 개의 상점이 있다는 거대한 시
장. 없는 것 빼고는 다 있는 상점들. 사람이 살아
가는 곳.

상점의 상품들 중에 가장 눈에 들어온 물건은 램
프였다. 갖가지 색들의 램프들이 켜져서 반짝거리
니 램프의 요정이 금방이라도 튀어나올 것만 같은
느낌이다.

"여기요, 여기." 어김없이 우리 말이 들린다. 이
국땅에 와서 외국 사람을 통해 모국어를 듣는 기분
은 묘하다. 그래서 나도 모르게 대꾸한다. "왜요?"
"싸게 줄게요." "싼 게 비지떡이라는 말도 있어요."

물론 알아듣지 못하겠지만 한마디 확 쏘아붙이
고 돌아선다. 우리나라 사람들이 싼 것만 좋아하는
줄 아나.

말을 알아듣지 못해 멀뚱멀뚱 쳐다보는 외국인을 뒤로하고 시장을 나와 생각해보니 헛웃음이 나온다. 나도 참.

술탄 아흐메트 사원 바로 앞에 있는 광장은 비잔틴 시대에 마차 경주가 열리던 유적지로 테오도시우스 1세의 오벨리스크가 있다. 술탄 아흐메트 사원은 오스만제국의 뛰어난 건축 감각을 보여주는 독특한 문양의 푸른 타일로 내부를 장식하여 블루모스크라고도 불린다. 하늘을 향해 우뚝 솟아 있는 돔을 보고 있자니 그들의 자부심이 얼마나 컸었는지를 알 만하다.

들어가려다가 여자들은 머리에 두건을 쓰고 치마를 입어야 한다는 말에 짜증이 훅 밀려든다. 예배를 드리지 않는 사람들이 가는 북쪽 현관으로 빠져나왔다. 역시 신과 나는 맞지 않는 것 같다.

지하궁전 예레바탄 사라이는 유스티니아누스 황제가 전쟁을 치르면서 필요한 물을 공급하기 위해 많은 노예들을 동원해서 건설한 지하저수지이다. 지하저수지를 궁전으로 부르는 것은 다양한 문양의 대리석 기둥들 때문이다. 특히 엇갈려서 조각한 메두사의 머리는 섬뜩함마저 안겨준다.

"왜 머리 하나가 거꾸로 놓여 있는지 알아?" "메두사 눈과 마주치면 돌이 된다는 전설 때문이래!"
"메두사는 죽어서까지 죗값을 받네." "그러니까 지하저수지 안에 그것도 거꾸로 처박혀 있지."

사람들의 말이 지하궁전 안에 가득 울린다. 죄는 짓지 말고 살아야지. 나도 모르게 지은 죄도 있겠지만 알고도 죄를 짓고 싶지는 않다. 모르고라도 죄가 되는 짓을 하지 않았으면. 뭐 누군들.

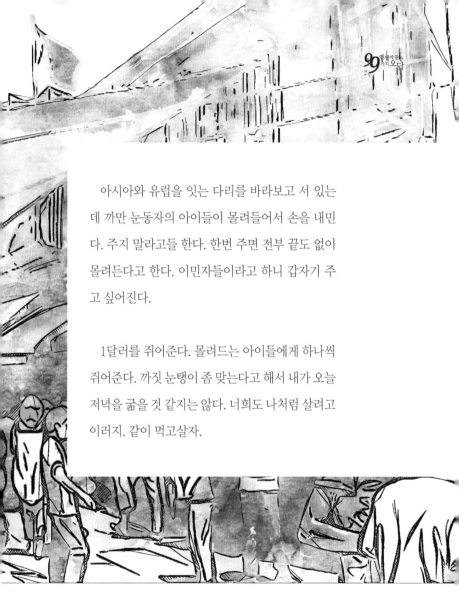

아시아와 유럽을 잇는 다리를 바라보고 서 있는데 까만 눈동자의 아이들이 몰려들어서 손을 내민다. 주지 말라고들 한다. 한번 주면 전부 끝도 없이 몰려든다고 한다. 이민자들이라고 하니 갑자기 주고 싶어진다.

1달러를 쥐어준다. 몰려드는 아이들에게 하나씩 쥐어준다. 까짓 눈탱이 좀 맞는다고 해서 내가 오늘 저녁을 굶을 것 같지는 않다. 너희도 나처럼 살려고 이러지. 같이 먹고살자.

자그레브 성당

맙소사, 소매치기라니. 그것도 성당에서 털리다
니. 수도 없이 이런저런 나라들을 떠돌아 다녔지만
털린 건 처음이다. 왜 넋을 잃고 다녀서 털렸느냐고
묻는다면, 단연코 성당 탓을 하겠다. 자그레브 성당
은 장담컨대 당신들도 들어서는 순간 삑이 갈 것이
다. 그만큼 아름답다.

예뻤다. 건물도 풍경도 하다못해 웃는 사람들의 모습까지. 예능 프로그램 '꽃보다 누나'에 나오는 멋진 풍경에 마음을 뺏겨 크로아티아를 꼭 와보고 싶었지만 쉽게 올 수는 없었다. 그래서 더 설레던 여행. 자그레브공항에서 곧바로 버스에 오른 후, 반옐라치치 광장으로 가는 내내 한 나라의 수도답지 않게 낡고 세련되지 않은 건물들이 마음에 들었다.

사진기를 만지다가 그만두었다. 정말 마음에 들 때엔 사진기가 필요 없다. 아니지, 사진을 찍느라 이 느낌을 방해받기 싫은 거지. 가슴에 담아두고 나머지 사는 내내 꺼내보고 곱씹는 걸 즐기려면 쓸데 없는 동작은 안 하는 게 더 낫다. 그렇게 풍경에 홀릴 때만 해도 괜찮았는데.

자그레브 성당에서 문득 내가 기도하고 있다는
걸 깨달았을 때, 이 세상을 떠난 영화배우 김자옥이
울면서 기도하던 장면이 떠올랐고, 그녀의 눈물이
가슴속으로 스며들어 한없이 기도하게 하던 그때,
내가 가진 모든 걸 깔끔하게 털렸다.

- 2016년 여름, 지중해에서

내가 제일 부러워하는 나라,
베트남

전 세계에서 미국과 싸워 이긴 유일한 나라. 자존
감 강한 사람들이 내뿜는 욕망으로 들끓는 나라. 아
무것도 정해지지 않은 나라. 어려서 내가 아는 베
트남은 망한 나라였다. 빨갱이들에게 점령당하고
보트피플이 되어 수많은 사람이 바다에서 죽고, 그
나마 살아남은 사람들이 우리나라 백화점에서 쇼
핑을 즐긴다고 비웃어주던 나라. 그런 나라가 베트
남이었다.

어려서 본 영화에서 우리나라 군인들이 기관총을 갈기며 부르짖는다. "받아라! 이 침략자들아!" 박수를 칠 수밖에 없었다. 우리나라의 용감한 군인들이 침략자들을 무찌르지 않는가. 그런데 자라면서 이상해진 건 다른 거 없다. "도대체 그런데 어디서 싸우는 거야?" 침략을 하려면 그 땅으로 가야 한다. 그러니까 침략자가 되려면 우리나라에 베트콩들이 와야만 한다. 우리나라 군인들이 베트남에 가서 "침략자들아, 내 총탄을 받아라!" 하고 외친다는 건 어째 좀 이상하지 않나?

베트남에 대한 오해는 거기서 그치지 않는다. 세상은 분명 둥글고 세계가 얼마나 가까워졌는지 깨닫지 못하고 지냈다. 공산주의에 후진국이라는 편협한 오만과 편견은 어디서부터 나온 것인지. 단지 '국제시장'이라는 영화의 한 장면이었을 뿐인데 가난뱅이들이 사는 나라, 아이들이 거지처럼 헐벗고

굶주리고 있을 거라는 웃기지도 않은 상상, 농을 쓰고 맨발로 짐을 가득 싣고 힘들게 사는 베트남 여인네들?

아니었다. 베트남은 인간의 나이로 치자면 딱 청소년기에 접어든 나라였다. '미스 사이공'에 나오는 여인네들은 이제 존재하지 않는다. 아메리칸 드림을 꿈꾸며 미군에게 아양이나 떨어대는 베트남 사람은 존재하지 않는다. 그들은 젊고 자존심이 강하고 욕망으로 가득 차서 일한다. 지구상에서 그들보다 강한 민족은 없다. 유대인이나 한국인을 그들과 비교하는 건 오로지 돈으로 모든 걸 재단하는 싸구려 자본주의의 시각일 뿐이다.

베트남은 무수히 많은 침략을 받고 전쟁을 치렀다. 한때는 우리처럼 남북이 갈라져서 서로에게 총부리를 겨누며 전쟁을 벌이기도 했다. 미국이 조작

한 '통킹만사건'으로 전쟁은 시작되어서 무수히 많은 국민들이 전쟁통 속에 죽어야만 했다.

그러나 베트남은 져본 적이 없다. 아무리 오래 걸리더라도 기어이 나라를 지켜냈고 민족성을 지켜나갔다. 베트남이 미국을 이긴 나라라는 사실만으로 하는 말이 아니다. 프랑스가 떠날 때에 프랑스군은 완전하게 전멸당했고, 국경에서 시비를 걸던 중국군도 엄청난 저항에 깜짝 놀라서 손들게 한 나라가 베트남이다. 킬링필드로 우리 모두를 경악하게 했던 캄보디아의 '폴포트 정권'도 베트남군이 들어가서 깨부수었지만, 그 나라를 점령하지 않고 '이제는 알아서 잘 좀 해봐라.' 하고 물러나온 멋진 나라가 베트남이다.

43

호치민을 배우자

베트남에서 가장 존경받는 사람은 호치민이다. 그래서 그의 사진은 모든 지폐에 다 박혀 있다. 평생을 국민들과 똑같이 입고 먹고 살면서 호아저씨로 불린 사람. 오로지 존경심을 이끌어내서 국민들을 하나로 모으고 강하게 만들어 당당하게 독립국가로 일으켜 세운 사람. 지폐에도 그의 사진이 들어 있고 도시의 이름에도 호치민은 들어가 있다. 가이드를 하던 아가씨도 그의 이야기를 할 때면 눈이 반짝반짝 빛난다. 한 나라에 모든 국민들이 존경하고 좋아하는 인물이 있다는 것이 얼마나 행복한 일인지, 그들에게 있는 선한 마음을 보는 것만큼이나 부러운 일이었다.

우리나라에도 그렇게 독립운동을 한 사람들이 많았다. 역사에 무지한 내가 헤아려보아도 김구, 김원봉, 유관순, 여운형, 김좌진, 윤희순 등 셀 수 없이 많은 분들이 계셨다. 다만 내가 안타까운 것은, 우리는 어쩌다가 친일파를 이겨내지 못하고 그분들이 모두 암살을 당하거나 북쪽으로 달아날 수밖에 없었던 현실이다.

아
름
다
운

홍
이
씨

　메콩강을 가다 보면 늙수그레한 아줌마들이 사
공이 되어 노를 저으면서 장사를 하고 손님을 태우
기도 한다. 석회질이 섞여 있어서 물고기는 살 수
없다는 강. 푸른 나무가 울창한 산봉우리로 둘러싸
인 강물이 투명해서 수초까지 훤히 보이는 바닥과
양옆으로 피어난 연꽃은 마치 강해서 아름다운 베
트남 여인네들의 모습을 반영하는 듯한 풍경이다.

내가 집을 나설 때 한국은 겨울이었고 크리스마스였다. 바람따라 눈발이 흔들리며 내려오고 있었다. 질척대는 거리와 소음에 가까운 캐럴송, 가끔씩 깜빡거리며 미끄럼 타던 꼬마전구들……. 한국에서는 크리스마스를 맞이하면 온통 축제 분위기였다.

베트남엔 겨울이 없어서일까. 베트남 사람 홍이는 크리스마스를 몰랐다. 그래도 어색한 미소가 아기예수의 순수함이 묻어나는 듯하여, 홍이 씨에게 나는 한눈에 반했다. 내게는 언제나 예수보다 좋은 게 사람이다. 특히 부드럽고 연약하고 순수한 사람을 마주하면 어느새 반해버린다. 그들이 거칠고 폭력적이고 말 함부로 하는 사람들보다 훨씬 더 강한 사람들이라는 걸 나는 안다.

베트남에는 수많은 홍이 씨가 산다. 빠알간 볼에 수줍은 미소를 지으며 까만 눈을 반짝이며 바라보던 어린 홍이 씨, 끝이 보이지 않을 만큼 셀 수 없이 부릉거리며 도로를 점령한 오토바이를 탄 홍이 씨, 커다란 바구니에 채소와 과일을 잔뜩 담아 어깨에 메고 행상을 하는 홍이 씨, 북적이던 야시장에서 우리의 70년대를 우리의 80년대를 살아가는 홍이 씨들…….

베트남에서 수많은 홍이 씨를 만나고 많은 걸 배웠다. 그래서 나는 언제나 떠날 때마다 설렌다.

- 2015년 크리스마스, 베트남에서

내 땅인데, 내 산인데

지도에 장백산이라고 쓰여 있었다. 뭐, 외국에서 부르는 거니까 그렇게 부르겠지만, 내가 왜 백두산을 비행기 타고 외국 지도 보면서 찾아가야 하는지 출발부터 화나는 일이다.

백두산은 우리나라 최북단에 있는 우리의 명산임에 틀림없는데, 이젠 우리나라 명산이라고 하기엔 낯간지럽게 중국을 통해서나 갈 수 있는 산이 되어버렸다. 내가 내 땅에 가는데 여권 들고 비자 내서 중국으로 비행기를 타고 간 다음, 다시 차로 이동해서 반쪽만 걸어보아야 하는 게 백두산이다.

이게 화나는 일이 아니냐? 투덜거려봐야 현실은 현실이다. 마치 경매 넘어간 집에서 문짝 잡고 버티는 꼴이지. 나 못난 걸 남 탓하는 꼬락서니만 같아서 괜히 울화가 치미는 걸 속으로 꾹꾹 눌렀다.

중국 국경도시 서파를 통해 백두산 천지에 가기로 한 아침부터 부슬부슬 비가 내리더니 이제 바람까지 불기 시작한다.

"언니, 이러다 우리 못 가는 거 아니에요?"

"그래도 여기까지 왔는데 갈 수 있는 데까지는 가야지!"

"그렇긴 한데, 날씨가……."

속 곱지 않은데 날씨까지 엉망이다. 하필 어젯밤 태풍이 불기 시작한 거다. 버스에 오르는데 가이드가 "비옷이랑 신발싸개 챙기세요." 한다. 비옷은 알

겠는데 신발싸개는 뭐지? 백두산에 올라가다 보면 빗물에 신발이 젖으니 그 위에 신는 장화 모양의 고무 싸개라고 한다. 편의점에서 비옷과 신발싸개를 2000원에 하나씩 사고 "중국은 돈이 되는 건 다 있네." 중얼거리며 버스에 올랐다.

"천지에 바람이 너무 세서 문을 안 열어줄 수도 있대요."

"헐! 그러면 백두산에 못 가나요?"

"아니요, 백두산은 가는데 천지를 볼 수 없는 거지요!"

이런 젠장, 이번에 중국에 온 이유는 백두산 천지를 보러온 건데, 그럼 뭐람. 다들 볼멘소리를 하지만 천재지변이라 안 된다는 걸 어쩌겠나. 암튼 가서 열릴 수도 있으니 가보기는 한다는 말에, 한 가닥 희망을 안고 백두산을 향해 버스는 출발했다.

가는 내내 비는 오고 바람도 불고, 얼마나 조바심
이 나는지 '제발, 볼 수 있으면 좋으련만.' 기도하는
마음으로 두 번의 버스를 더 갈아타고 백두산 입구
에 도착하니 '장백산'이라고 쓴 입구가 보인다. 짜
증이 훅. 중국을 통해 오는 것도 싫은데 이름조차
장백산이란다. 산에 비까지 오니 더 애처로워 보였
다. 한참을 통화하던 가이드가 통보했다.

"오늘, 천지는 문을 닫았답니다. 그랜드캐니언
비슷한 협곡만 보고 와야 합니다."

헉! 우려하던 일이 여지없이 생긴다. 다들 벌레
씹은 얼굴을 하고 협곡을 향해 걷는다. 백두산은 어
느새 가을이 오고 있었다. 낙엽이 되어 떨어지는 잎
새들이 바람에 날아간다.

우리나라 독립군들이 일본군을 몰아넣고 몰살시

켰다는 협곡에서 지금의 우리나라를 생각해본다. 오늘의 백두산과 닮아 있는 우리나라의 현실. 비 오고 바람 불고 천지에 오르기는 막막한 천지 입구에서 문을 막고 서 있는 사람을 한 대 쥐어박고 싶었다.

  그 사람의 잘못은 아니지만 그래도 내 맘은 그랬다. 하루 종일 우울한 날이다. 우리나라에서는 청문회로 시끄럽고, 여기는 백두산 천지를 오르지 못하는 것이 마치 무슨 팔자를 보여주기라도 하는 것처럼 처량맞다.

  그래, 누구든지 다른 사람의 삶을 이해하기는 쉽지 않다. 냄새부터 하늘까지 다른 나라는 더더욱 그렇지. 백두산 천지를 보겠다고 나선 중국행. 새벽 5시에 출발해서 이제 숙소로 돌아왔다. 하루 종일 먹고 버스에서 잠만 잔 하루인 듯하다.

중국과 북한의 경계가 있는 연길. 두만강 푸른 물은 어디 가고 누런 황토물이 흐른다. 생각보다 크지 않은 강을 보니 북한 사람들이 두만강으로 탈북하는 이유를 알겠다. 요즘이야 비가 와서 물이 불어 불가능하겠지만 가물어서 강물이 줄어들면 가능하기도 할 듯하다.

"저기 봐요."

"흰옷 입은 사람이랑 검은 옷 입은 사람들이 보이네."

"이렇게 보니 북한이 참 가깝네."

TV에서 본 듯한 마을, 사람들. 그 강물에 배를 타고 북쪽 땅을 바라보고 있자니 내 나라에 가지 못하는 서러움이 갑자기 복받쳐오른다.

거리에 음악이 흐른다. 파란색 옷을 입은 여자와

나이 먹은 남자들이 거리에서 춤을 춘다. 남녀노소 할 거 없이 모두 나와서 한꺼번에 춤을 춘다.

춤을 추는 사람들 옆에는 중년의 남자들이 장기를 두고 있다. 말다툼 하나 없이 말을 놓는 손만 바쁘다. 참 여유로운 사람들이다. 깨끗하지 않은 거리지만 우리나라보다 더 우리말을 사랑하는지 온통 순우리말이 적힌 간판이다. 같지만 약간은 다른 말, 가이드 말에서 우리말에 대한 자긍심이 보인다.

늦게 가는 듯한 도시, 서서히 발전하는 도시, 한가롭고 순수해 보이는 사람들은 우리나라의 80년대와 묘하게 겹쳐 있다.

지금은 정자뿐이지만 그 옛날에는 늘 푸른솔이 있었다는 '일송정'에 올라서서 낯설지만 낯설지 않은 하늘을 본다. '토지'에 나오는 작은애기씨 서희가 살았던 용정도 눈에 가득하다.

그 옛날 선구자들은, 아니 그냥 나라 되찾겠다고 나선 이들은 이 강을 바라보며 어떤 심정이었을까. 지금의 나처럼 진정한 독립을 꿈꾸면서 칼을 갈았을까.

언제인가 변절한 친일파 문인에게 누군가가 왜 그러셨냐고 물으니까 그 문인이 대답하기를 "독립이 될 줄 알았나? 이제 완전히 일본이 된 걸로 생각했지."라고 대답했다고 한다.

엿 먹어라. 그럼 독립운동을 하던 사람들은 독립이 될 걸 확실히 알아서 했겠냐? 나는 지금 백두산을 바라보며 다짐한다. 언젠가는 진정한 독립이 와서 내 차 내가 직접 운전해서 백두산 아래까지 갈 거다. 거기서 민박하고 아침에 배낭 메고 걸어서 오를 거다.

죽기 전에 꼭 그렇게 갈 거다. 내 땅, 내 산에…….

2019년 정월, 관중에서

배울 수 있는 데까지 배워라. 그러면 네가 얼마나 멀리 갈지 누가 알겠느냐? (Learn All You Can And Who Knows How Far You'll Go.)

어느 무기 만드는 회사의 광고 문안이다. 나는 뒤집어 말하고 싶다.

갈 수 있는 데까지 가보자. 그러면 네가 얼마나 배울지 누가 알겠느냐? (Let's Go As Far As We Can. Who Knows How Much You'll Learn.)

앉아서 책 들고 배우면 구경꾼도 되지 못한다.

백수가 과로사한다고 했더니 팔자 좋은 년이란
다. 어느 코미디 배우가 그랬지. 인생은 멀리서 보
면 희극이고 가까이에서 보면 비극이라고. 아닌가?

　멀리서 보면 비극이고 가까이에서 보면 희극일
까? 나 자세히 본 적 있어? 내가 AI로 보여? 너 사
는 게 공짜 아니듯이 나 사는 게 공짜일 리 없잖아.

아비

달이 져버린 골목길엔 / 허옇게 빛나는 가로등 불빛이 처연하다 / 골목길을 비척거리며 / 걷는 중년의 발걸음이 / 바람보다 더 시려 보인다 / 돌아갈 수도 / 앞으로 나아갈 수도 없었던 / 막다른 골목 어딘가에선 / 헉헉거리며 / 쏟아내는 속울음도 / 잠겨 있을 듯한 / 아비의 가을은 / 온통 붉음이었겠다 / 가슴 저미도록 / 서글픈 노랫소리를 / 흥얼거리며 걸었을 길고 긴 / 그 길에서 아비는 / 무슨 생각을 했을까 / 그 골목길에 서성이던 아비의 가을이 / 틈쑥 생각나는 밤 / 보고 싶으네, 울 아부지

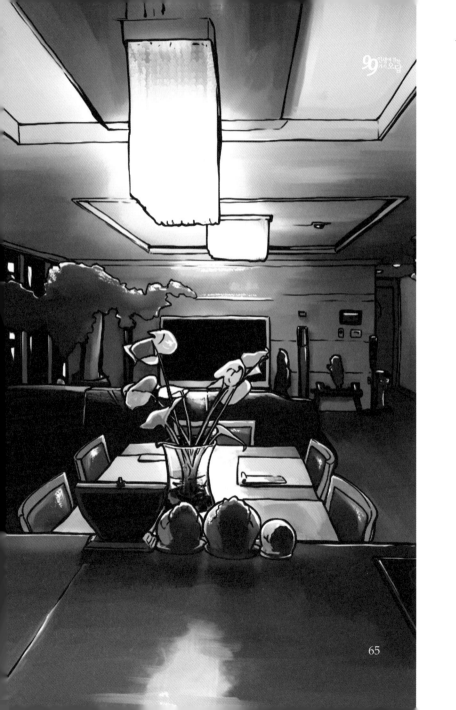

아버지는 한참을 아프셨다. 골수암을 앓고 계셨고, 1985년에는 크리스마스이브를 병원에서 보내셨다. 그러니 아버지가 늘 해오시던 산타의 선물은 물론 없었고, 입원하신 대전성모병원에서 엄마는 보호자로 나는 면회자로 함께 저녁을 보내고 있는데, 갑자기 여수 사는 큰언니가 병원에 와서 아이들을 나에게 맡기며 집으로 보내는 바람에 조카 둘을 데리고 집에 와서 밤을 보냈다.

재미도 없고 흥미도 없었던 크리스마스이브. 성탄절 아침에 울리는 전화벨 소리에 가슴이 두근대고 큰언니의 다급한 목소리. 아버지가 돌아가시려해서 앰뷸런스를 타고 올 거라고 한다.

정신이 멍해지고 아무것도 할 수 없는데 앵앵앵 앰뷸런스를 타고 아버지가 오셨다. (지금도 앰뷸런스의 사이렌 소리가 가장 싫다.)

　사망시간 1985년 12월 25일 08시 19분, 옥산 휴
게소. 임종은 앰뷸런스를 타고 온 오빠와 작은아버
지가 지켰다. 그렇게 예수님이 세상에 오신 날, 아
버지는 세상을 떠나셨다. 워낙 딸바보셨던 터라 믿
기지 않은 부음에 한참은 어디 병원에 입원해 계신
듯 착각을 한 적도 많다. 지금도 간간이 그런 생각
이 드는 것을 보면 부모의 부재는 늘 슬픔이고 그리
움인 듯하다.

　내 조카 아이 하나가 33살, 그 아이가 아버지께
서 떠나기 일주일 전에 태어났으니 아버지 돌아가
신 세월만큼을 조카는 살고 있는 거다.

　누군가 그랬다. 사람은 기억을 잊을 수 있어서 살
수 있다고. 아마도 기억을 잊지 않는다면 매년 크리
스마스는 슬픈 날이겠지만, 어느 해는 기쁘고 제사
가 가깝게 있는 해는 슬프고 이제는 담담하니, 시간

이 약이라는 말이 딱 맞는 듯하다.

올해 30일은 아버지의 제삿날. 제삿날이 음력인
것이 얼마나 다행인지. 그렇지 않으면 매년 크리스
마스이브가 아버지의 제삿날이 되었을 거다. 추억
은 때로는 기쁘고 때로는 아프고 슬프다. 그래도 추
억을 소환하고 기억한다는 건 살아 있다는 거니까
행복한 거다.

하루가, 1년이 그리고 10년이 흐른 후 우리들 가
슴에 기억 한 조각이 남아 있어 아버지를 추억할 수
있는 오늘이 좋다.

아버지 젊으셨고 나는 어렸던 시절의 크리스마스마다 교회에선 빵을 나누어주고 점심도 먹을 수 있게 해주었다. 지금이야 제과점 빵이 흔하지만 그때는 그리 흔한 것이 아니어서 교회를 다니지 않는 아이들도 그날만큼은 교회에 나오곤 했다.

그리고 예배 중에 목사님께서는 이런저런 이름을 붙여서 상을 주셨다. 받은 아이들은 신이 났고 못 받은 아이들은 샐쭉해져서 다시는 교회에 나오지 않으리라 맘을 먹은 아이도 있었던 듯하다.

최고 좋은 상을 받은 아이는 성경책을 상품으로 받고 그 외에는 학용품을 받았으니, 딴에는 성경책 말고 그럭저럭 상만 받으면 되지 않을까 생각했었을 거다. 우리에게 성탄절은 예수님이 다시 태어난 날 말고도 그냥 즐겁고 행복했던 날이었던 거 같다.

아버지께서는 크리스마스 전날 밤, 그러니까 크리스마스이브에는 언제나 여러 가지 과자가 담긴 종합선물세트 한 상자를 머리맡에 놓아두시고는 했다. 나는 진짜 산타할아버지 선물인 줄 알고 착한 일 한 게 무엇인지 곰곰이 헤아려보기도 했으니, 그렇게 아버지는 하루의 추억을 만들어 주신 거다.

아부지는 딸바보셨다. 다섯이나 되는 딸들을 어찌나 이뻐하셨는지, 쌀쌀맞은 엄마에 비해 아부지는 "우리 딸, 우리 딸." 하는 분이셨다.

아부지는 눈물도 많으셨다. 큰언니 시집갈 때, 막
내딸 맹장수술할 때, 그리고 첫 손녀가 태어났을 때
아부지는 눈물을 훔쳐내시곤 했다.

그때 당시의 아부지들은 권위의식에 가득 차서
특히 딸들에게는 정을 주지 않았으니, 울 아부지의
딸 사랑은 지금 딸바보인 아빠들에게 결코 뒤지지
않은 듯하다.

한번은 아부지께서 세계 명작전집를 사오셨다.
지금 생각하면 그걸 갖고 있던 집이 몇 집이나 될까
싶을 정도로 꽤 비싼 책이 아니었을까 하는 생각을
한다. 암튼 그 책들이 우리 집 서재에(오빠 방이 서재로
쓰여서 전축에 LP판도 많은) 들어온 날, 아부지께서 밑으
로 셋(언니, 나, 여동생)을 부르셨다.

"이제부터 아부지는 첫 권부터 읽을 거니, 니들은 마지막 권부터 시작해서 읽자. 그래서 먼저 읽은 사람은 선물 줄 거야."

아부지는 아셨을까? 그렇게 해야 책을 읽을 수 있다는 것을. 어릴 적이라서 내용은 잘 이해하지 못했지만 억지로라도 읽은 덕에 책을 읽는 습관이 생긴 건 아닐까. (아부지 자식들이 다 책을 좋아하는 걸 보면.)

딸이라도 집안의 내력이라든가《명심보감》도 한 번씩 읽어주시고 하신 걸 보면, 딸들이 현명하게 잘 살아가기를 바라신 듯하다.

물론 남들과 다른 아부지가 그때나 지금이나 존경스럽지만, 그래서 더욱 아부지의 이른 부재가 슬펐다.

　아버지는 별에 가서 잘 사시나 모르겠다. 오늘 밤
산타가 되어서 내 꿈에 나타나주시면 좋겠다. 어린
시절처럼 종합선물세트를 들고 오셨으면 좋겠다.
내 나이 오십이 훌쩍 넘었는데. 푸하하.

울 엄마

뭐 하세요? / 그냥 있지, 모 / 왜? 언니랑 시장이
라도 가지 / 언니, 피곤한데 뭐 하러 그래? 너, 밥은
무엇냐? / 먹었지. 엄마, 우리 여행 또 갈까? / 햇살
뜨거운 여름날 / 엄마의 계절은 몇 번 더 남았을까?

아침부터 빨리 가자고 몰아붙이는 엄마 덕에 몇 시간이나 이른 출발. 공항에 도착을 해서 보니 그 이른 시간에도 우글우글 뭔 사람들이 그렇게도 많은지 이곳저곳 왁자지껄, 경제가 어렵다더니 것두 아니구나 하는 생각을 했다.

패키지 온천여행이라 나이 많으신 어르신들이 울 엄마를 비롯하여 10여 분, 그래도 젊은 우리들과 같이 기다리시고 지루해하시지도 않는 걸 보니 인생은 칠십부터라는 말이 헛말은 아니라는 생각이 들었다.

소녀처럼 웃고 있는 엄마. 그때 그렇게 여행할 수 있었던 게 얼마나 다행이었는지, 다시 또 그런 시간을 가질 수 있을까 하는 생각이 든다.

인천에서 일본까지 가는 시간은 1시간 20여 분

인데 공항에서 보낸 시간은 8시간. 피곤할 법도 한
데 울 엄니는 안 피곤하시다 부득부득 우기셨다. 담
에 안 데리고 올까 봐 미리 선수 치시는 듯해서 가
슴이 찡했다.

엄마 연세가 여든아홉, 외국여행 하시기 쉽지 않
은 나이인데도 가고 싶어하신 여행. 가까운 곳이라
서 생각보다 쉽게 정할 수 있었다.

도착해서도 별로 피곤해하시지 않고 물 좋다 하
니 피곤도 풀 겸 온천욕 하자며 먼저 앞장서서 걸어
가는 엄마의 뒷모습이 딱 동화책 속 엄마오리 모습
이다. 새끼오리처럼 따라가면서 마음속엔 감사하
면서도 서글픈 감정이 차올랐었다.

살아계셔서 다행이라고 함께할 수 있어 행복하
다고, 삶이란 때때로 평범함 속에서 아무렇지도 않

게 지나가는 시간에서 행복할 수 있다는 걸 온전히 느꼈다.

언제든 쉬어 갈 수 있는 커다란 나무가 되어주셨던 부모님. 그 그늘이 얼마나 소중한 것인지를 매일 깨닫게 되는 하루하루를 산다.

어린 날 엄마 손을 놓치면 다시 잡을 수 있는 희망이 있지만, 이제 엄마 손을 놓아버리면 다시 잡을 수 없다는 것을 알기에.

겨울 즈음 감기로 아프신 후라 걱정했는데 말갛기만 한 엄마의 표정이 너무 감사했다. 엄마는 아직도 커피숍에 가기를 좋아하신다. 솜털이 보송보송한 할미꽃처럼 나이 들어가는 울 엄마.

바람꽃

꽃잎이 바람에 흔들린다 / 바람 속에 비가 내려온다 / 가녀리게 떨리는 꽃잎 / 휘리릭 / 바람이 꽃을 데려가네 / 눈으로 쫓아가니 비만 보이고 / 마침내 숨어버린 꽃잎 하나

　　백화점이나 마트도 없던 시절, 시장엔 늘 사람들
이 북적였다. 세상에 있는 온갖 만물은 다 있었고
새벽부터 자정까지 불을 훤하게 밝히고 있었다. 할
머니의 며느리 조건은 일 잘하고 싹싹한 며느리였
을 거다. 울 엄마랑은 정반대의 며느리. 그때는 엄
마가 안됐다고 생각했는데 지금 생각해보면 할머
니가 힘들었겠구나 생각하게 된디.

할머니는 새벽 4시가 되면 일어나셨다. 새벽예배를 다녀올 요량이기도 했지만 본디 성품이 부지런하셔서 겨울 눈이라도 온 날이면(그때는 눈도 참 많이 왔었다) 온 동네방네 사람들을 깨우러 다니셨다. 덕분에 우리 학교 가는 길은 미끄럽지 않았지만 그런 할머니 며느리로 살게 된 엄마 또한 많이 힘드셨을 거다. 울 엄만 어렸을 때부터 귀하게 자라 손에 물 한 방울도 안 묻히고 사셨다고 한숨 섞인 하소연을 하고는 했다.

정반대의 시어머니와 며느리로 만나 사셨으니 둘 다 얼마나 힘드셨을까. (아버지 사업 실패만 아니었으면 우리랑 안 살았다고.)

그러거나 말거나 나는 할머니가 좋았다. 호랑이 할머니라는 말은 다른 사람들에게 보여지는 것이었고, 우리에게 할머니는 엄마가 못하는 모든 것을 해주시는 분이셨다.

생일잔치도 운동회와 소풍 간식도 다 할머니가
준비해주셨고, 손녀들 기죽일까 봐 그 당시에 부잣
집 아이들이나 신던 이름 있는 비싼 운동화를 갖게
해주셨다.

할머니는 당신 손녀들이 남들보다 나아 보여야
직성이 풀리시는 분이었니 당신 승질만큼 일도 해
내셨다. 억척스러운 할머니 덕에 우리는 풍요로운
유년 시절을 보냈다.

요즘 할아버지 복이라는 말이 있다는데, 그렇게
따지자면 난 할머니 복이 있었나 보다.

섬

마음 안에는 섬들이 산다 / 비가 내리거나 눈이
쏟아지는 / 태양이 빛나거나 안개가 자욱한 / 오밀
조밀 크거나 작은 섬들이 / 가까워졌다가 멀어지며
/ 손안에 쥐어지거나 잡을 수조차 없이 / 많은 감
정들이 / 차곡차곡 쌓이며 쏟아내며 / 조각조각 만
들고 흩어놓으며 / 서로 다른 섬을 만들며 살아간
다 / 그러니까 소중한 건 있을 수도 없을 수도 있다

언젠가 우리 식구 중 누군가에게 들은 얘기인데, 아마도 오빠가 한 것 같긴 하다. 내가 아주 어릴 때 우리가 시내에 나오기 전엔 시골에서 살았었다. (난 잘 기억이 나지 않지만.)

아이가 여섯이나 있는 집이니까 무슨 약속처럼 큰 아이들이 동생들을 봐주곤 했다. 어느 날인가 작은언니에게 나를 맡기고 엄마는 볼일을 보러 가셨단다.

작은언니가 놀고 싶으니 꾀를 낸다는 게, 나를 나무에 매놓고 옆에서 친구랑 정신없이 놀고 있었는데 그 전날 비가 와서 냇물도 불었고 매놓은 포대기가 헐거웠는지 내가 그만 냇물에 빠져서 둥둥 떠내려가더란다.

놀라서 소리소리 지르고 난리가 났는데 마침 냇

가에서 놀고 있던 오빠가 물속에서 건져내어 살았
다고 한다. 오빠 얘기로는 물살이 꽤 빨라서 자기가
아니었음 죽었을 거라고, 두 번인가 물속에 들어갔
다 나오는 걸 세 번째에 끄집어냈다고 한다.

그날 동생 죽일 뻔한 작은언니는 어땠는지 듣지
는 못했지만 아무래도 하얗게 질려 있었겠지만, 오
빠는 동생 살렸다고 의기양양했었다는 전해져 내
려오는 이야기가 있다.

그래서 그런지 난 물이 싫다. 대중탕도 싫고 수영
은 더더욱 싫어한다. 어릴 때지만 무의식중에 많이
놀라서 그런 건 아닐까? 어른이 된 지금, 지금도 물
이 흘러가고 있을 냇가에 가보면 유년 시절의 그때
가 생각이 날까?

오빠는 딸 다섯 있는 집의 외아들임에도 불구하

고 상남자였다. 몸무게 미달로 현역 판정을 못 받
았음에도 몇 번의 재검을 통해 끝내 현역으로 입대
를 했다.

입대한 후에도 특전사에 복무해서 군에 있는 3
년 동안(지금은 21개월이지만) 면회도 할 수 없는 부대
에 있어서 우리 가족 누구도 오빠를 면회할 수가
없었다.

오빠가 군에 있는 동안 우리 집은 쌀이 바뀌었다.
하나밖에 없는 손자를 군에 보내고 울 할머니는 쌀
을 정부미로 바꾸셨다. 오빠가 군에 있는 동안은 우
리도 밥을 정부미로 먹어야 한다는 거였다. 군에서
정부미로 밥을 먹으니 우리도 그리해야 한다는 할
머니다운 논리에 아무도 반박을 하지 못했다.

단, 오빠가 휴가 나오는 그날부터 휴가 끝나는 날

까지 햅쌀밥을 먹었다. 자손에 편견이 없던 할머니
나 부모님이시지만 오빠가 군대에 있을 때만큼은
좋은 음식을 사들이지 않으셨다.

오빠는 휴가를 나올 때마다 고기를 사오고 우리
에게 용돈을 주었다. 다른 집 오빠들은 휴가 나왔을
때 용돈을 타서 술도 먹고 친구도 만났지만 오빠는
집에서 우리들과 있다가 복귀를 하곤 했다.

언젠가 오빠가 왜 용돈을 안 타고 우리에게 돈을
주고 가냐고 아부지께 물었더니, 훈련이 위험해서
생명수당이 나와서 다른 군인보다 월급을 많이 받
는 거라고 하셨다.

그다음부터 오빠가 용돈을 주면 오빠의 목숨값
이라 생각하니 좋은 것보다는 걱정이 앞섰다. 그런
오빠가 무사히 군복무를 마치고 제대를 한 날, 할머

니는 떡을 돌리셨다. 그러고는 바로 그날부터 오빠 밑으로 동생인 우리는 오빠살이를 시작했다.

오빠는 지긋지긋할 정도로 시간에 엄격했다. 개학 중에는 무조건 수업 끝나고 1시간 안에 집에 도착해야 했고, 방학 중에는 무조건 해 떨어지기 전에 (겨울엔 6시 여름엔 7시까지) 집에 들어가야 했다.

친구들이랑 놀다가도 시간이 되면 여지없이 집에 들어가야 했다. 오빠의 동생사랑(?)은 오빠가 대학을 졸업하고 직장생활을 시작하면서야 끝이 났다. 그래서 그런지 지금도 해 떨어져서 집에 안 들어가면 왠지 불안하다.

그런 오빠여서 그런지 아부지에겐 효자였다. 그때는 다 그랬다고 하지만, 오빠는 아부지 말에 한 번도 반항한 적이 없었다. 아부지 때문에 군대도 (현역으로 가기를 원하셔서) 확실하게 간 거라 했다.

그런 이유로도 우리는 오빠 말에 꼼짝 못하는 순
한 동생들일 수밖에 없었다. 아부지 돌아가신 다음
엔 더 엄격할 수밖에 없었으니 여전히 오빠는 어려
운 사람이다.

작업

오랫동안 바느질을 놓아버렸었는데 다시 바느질을 시작할 줄이야 / 한 뼘 한 뼘 바늘귀가 헝겊을 향해 뜀박질을 시작한다 / 박음질과 온박음질을 반복하다 보면 작은 퀼트 하나가 완성된다 / 모처럼 해보니 힘드네 / 잘하시는데요 / 이쪽은 좀 더 촘촘이 박음질하셔도 되는데 / 솜을 넣으면 실밥이 터질지 몰라요 / 아! 괜찮겠지 / 다시 하기 힘든데 그냥 진행해보자 / 그래요, 터지면 다시 꿰매면 되지요 / 사람의 관계도 그런 것 같다 / 놓아버렸던 사람들하고도 하나하나씩 공들여 한 땀씩 채워가는 일, 그게 첫걸음인 듯하다 / 드르륵 재봉틀로 만들어진 작품은 쉽게 잊혀지듯이 자기 손으로 만든 작품이 소중하고 오래 간직하게 되는 것과 같은 이치가 아닐까 / 현실적인 관계에 있어서의 나 / 터져버린 인연을 잘 꿰매고 있는지 / 사람과 사람 사이의 감정들이 안쓰럽다

어릴 때 우리 집은 마당 너른 집이었다. 옛날 대 갓집처럼 나무대문이 양쪽으로 열리는 앞문이 열 리면, 수돗가에 채송화며 봉숭아가 피었고 대문 옆 에는 이쁜 얼굴을 한 정혜 할머니가 살고 계셨다. 정혜 할머니는 우리 할머니 옹기가게를 도와주고 계셨고 정혜라는 손녀를 길러주고 계셨다.

정혜 아빠는 참 좋은 사람이었는데 이러저러한 상황이어서 아이를 혼자 사는 엄마한테 맡기고 가 끔 한 번씩 아이 보러 살짝 다녀가고는 했다. 아이 가 학교 들어갈 때쯤 정혜를 데리고 갔는데 정혜 할 머니는 그러고도 오랫동안 혼자 사셨다.

그 옆으로 생선가게 동화 오빠네가 살고 있었고 뒤쪽으로 신발가게 소희네가 살았다. 동화 오빠네 옆에는 슬기네가 살았다. 우리 식구들은 안채에 살 고 있었고 아들만 셋인 이발소집 종원이 오빠네는 우리랑 가름막 하나로 "오빠!" 하고 부르면 "왜?"
하고 대답할 정도로 가깝게 한 지붕 두 가족처럼
살았다.

쪽대문 너머 뒷마당은 옹기가게를 하시던 할머
니 덕분에 예쁘고 고운 옹기들이 마당에 있었고 아
버지가 좋아하시던 선인장이 마당 가득 심어져 있
었는데, 그 당시 놓고 다니던 육촌오빠가 선인장에
손을 대면 그해엔 선인장꽃이 만발했었다.

그래서인지 여섯 집이 모여 살던 우리 집엔 사건
도 사고도 많았다. 얼굴이 잘생겼던 종원이 오빠
집은 매일 여자들이 드나들었다. 교복을 입은 언니
들이 찾아오는 날은 기웃기웃 궁금한 게 많아진다.

"오빠, 여자친구지?" "그냥 친구야, 쬐그만 게 궁
금한 게 많네!" "아줌마한테 일러줘야지."

오빠들을 놀리던 기억도 난다. 그러면 오빠는 언니들이 사온 과자나 빵으로 나를 달랬던 기억이 난다. 여동생이 없던 오빠들은 나에게 꽤 잘해줬었고 난 오빠들의 친절을 동생인 양 당연히 여긴 듯하다.

동화 오빠 엄마는 솜씨가 좋으셨다 그래서 그랬는지 비 오는 날엔 김치부침개를 부치고 감자나 고구마를 쪄서 같이 나눠 먹곤 했다.

동화 오빠는 중학교 다닐 때까지 오줌을 싸곤 했다. 오줌 싸던 날엔 아줌마의 악쓰는 소리가 마당 전체를 쩌렁쩌렁 울렸고 오빠는 하루 종일 밖에 나오지 않았다. 그런 날에는 동화 오빠 엄마의 넋두리가 시작된다.

동화 오빠의 큰형을 군 제대 때 사고로 잃고 아줌마의 삶은 그대로 정지된 듯했다. 워낙 공부도 잘했

고 효자였던 아들이었기 때문에 더 그랬을 수도 있
겠지만, 오빠가 실수할 때마다 나오는 신세한탄은
동화 오빠에겐 더 큰 열등감을 주었을 것이다.

동화 오빠가 오줌을 싼 날 아침이면 울 할머니는
좀 더 크면 나을 거라 하셨지만, 아줌마는 아침부터
죽일놈 살릴놈 악다구니를 쓰고 동화 오빠는 하루
종일 나오지 않았고, 아줌마의 넋두리도 해가 넘어
갈 때까지 계속되었다.

가장 작은 집에 살던 슬기네는 가난하지만 화목
한 가정이었다. 슬기 아빠는 우체국에 다니고 얌전
한 슬기 엄마는 집에서 딸 둘을 키우고 있었다. 틈
틈히 부업으로 인형눈 붙이는 것을 본 기억이 난다.
아마 그 돈으로 아이들 간식을 사주지 않았을까.

슬기는 부모의 이쁜 곳만 닮아서 이름보다는 '이

쁜이'라고 불렸다. 혜은이를 좋아한다던 그 애는 어른들이 노래하라고 시키면 빼지 않고 '감수광'을 열창하기도 해서, 얼굴도 이쁘니 가수가 될 거라고 다들 입을 모아 얘기했다.

그래서 클 때까지 텔레비전에 나온 가수들을 빼놓지 않고 보기도 했다. 가수가 된 슬기를 혹시나 볼 수 있을까 하는 희망을 갖고 있었지만 텔레비전에서 본 적이 없으니 가수는 안 된 듯하고, 무엇을 하고 있을까, 가끔 궁금한 적도 있었다.

소희네 부모님은 지금으로 보면 열혈 부모였다. 그래서 그 집에선 늘 공부하라는 소리들이 튀어나온다. "소희야, 뭐 해?" "공부 안 해? 공부해야지." 아마도 소희는 밥먹으라는 말보다 공부하라는 소리를 더 들었을 거 같다.

그렇다고 소희가 공부하는 아이는 아니었던 듯
하다. 만약에 그랬다면 밤낮으로 공부하라는 소리
를 노래하듯 부르진 않았겠지.

여섯 집이 한 지붕 한 마당에서 살았던 그때, 우
리 가족은 유일하게 앞마당과 뒷마당이 다 보이는
집에 살았다. 시장에 작은 건물을 갖고 있었고 옹기
가게도 가지고 있었던 우리 할머니는 동네에서 '호
랑이 할머니'라는 소리를 들었다.

교회를 다니시는 할머니는 일요일 아침이면 새
벽 4시에 우리를 깨우셨다. 동네 목욕탕에 가서 씻
겨 교회에 데리고 가시기 위해서였다. 그렇게 일주
일에 한 번은 할머니랑 목욕을 했고 교회를 갔다.

할머니가 교회를 가는 날엔 정혜 할머니도 교회
를 가셨다. 그래서 옹기가게는 우리들 차지였다. 약

탕기라도 팔게 되면 팔고 남는 돈은 우리들에게 용돈으로 주셨고 그 돈으로 무엇을 하든 상관하지 않으셨다. 용돈으로 다 같이 어울려서 마음껏 먹고 놀았다.

우리 여섯 집 아들과 딸들은 가족인 듯 아닌 듯 모여 살며 어울려서 웃고 울고 놀았다. 그랬던 사람들이 지금의 나를 만들어준 사람들이 아닐까.

이 세상에 혼자 태어나고 살아가는 인생은 없다. 그래서 모두에게 고맙다. 지나간 사람들, 지금 함께하는 사람들, 훗날에 만나게 될 사람들 모두에게 고맙다.

그대를 부르면
목이 멘다

먼지 일듯 살며시 일어나는 / 기억의 처음 / 그대가 그리운 날 / 그대를 부르면 목이 멘다 / 그대가 부르던 낮은 노랫소리 / 꼭 쥐고 놓지 않던 손 / 가다 말고 전해준 편지 한 줄 / 엉엉 울고 말아버린 나

"전생에 나라를 구했나 봐." "팔자는 진짜 좋다니까?" "진짜 남편 복은 타고났지."

나를 보면 누구든지 하는 말이다. 뭐 딱히 아니라고 할 수도 없는 게, 결혼해서 지금까지 불만 없이 잘 살아왔으니까. 누구나 하는 그 흔한 시집살이도 한 적 없고 아이가 속 한번 썩인 적 없으니, 그게 남편 잘 만난 덕이라고 말해도 부인하지 못하기는 하겠다.

한식을 좋아하는 남편과 양식을 좋아하는 나, 운동을 좋아하는 남편과 휴식을 좋아하는 나, 술을 좋아하는 남편과 술 한 모금도 못하는 나, 어지르기 대장인 남편과 정리정돈을 잘하는 나. 가만 보면 맞는 게 참 없는 부부이기도 하다.

그런데 어떻게 그렇게 큰 싸움 한번 없이 지냈을까? 사니 못 사니는커녕 서로 화끈하게 부딪쳐본 적도 없다. 그 비결이 무엇이냐고 물으면 한마디로 답하겠다.

"강요하지 않는다."

쉬운 말 같지만 사실 실천하기가 쉽지 않은 말이다. 사실 나에게 누군가가 자기 취향이나 하기 싫은 일을 강요하면 싫은 게 사람이다. 누구나 그렇다. 그럼에도 불구하고 나는 싫으면서 남에게는 강요하는 게 사람이다.

서양식으로는 남에게 자기가 원하는 것처럼 해주라고 한다면, 동양식으로는 남에게 자기가 싫은 걸 하게 하지 말라고 한다. 동서양의 문화 차이일까? 나는 동양식이 맞다고 생각한다. 자기에게는 엄청 좋은 일 같아도 남에게는 싫은 일일 수 있으니까. 하지만 나에게 싫은 걸 남에게 하지 않는 건 문제가 없다.

덧붙이자면 싸움은 타이밍이 잘⑦ 맞아서 일어

난다. 서로 불같이 부딪쳐서 화르르 일어나고 급기
야 서로에게 절대 해서는 안 되는 말까지도 하게 된
다. 그럴 때 이왕이면 서로 타이밍이 잘 맞지 않도
록 누군가가 먼저 양보하는 것도 괜찮을 것 같다.
(물론 이건 남의 집 이야기이다.)

  우리는 전혀 분쟁의 실마리가 잡히지 않는다. 왜
냐하면 각자가 좋아하는 걸 하고 싫어하는 걸 하지
않는 걸 인정해서이다. 서로를 나에게 맞추라고 하
지 않아서 부딪치지 않는다.

  내가 제일 싫어하는 부류는 사랑을 빌미로 자신
에게 맞추라고 강요하는 부류다.

  "내가 사랑하는 사람이니까 이렇게 변해. 혹은
날 사랑한다면 이렇게 변해."

최악이다.

그러고 보니 서로가 딱 맞는 것도 필요하기는 하
다. 우리 부부에게도 딱 맞는 게 있다. 바로 여행이
다. 둘 다 역마살이 끼었는지 여행이라고 하면 두말
할 것도 없이 짐 싸고 나선다.

떠나는 걸 너무 좋아하는 우리 부부. 심지어 여행
을 간다고 하면 대부분 친구들과 가고 싶어하는데,
나는 사실 남편 데리고 가는 게 제일 편하다.

"그게 왜 좋아?"

그렇게 묻는 사람들에게 난 자랑처럼 말한다.

"짐 들어주고 맛있는 것도 같이 먹고 갖고 싶은
거 사주니까!"

그렇지만 사실은 같이 즐기는 맛에 같이 가는 거
다. 이 나이에 뭐 부려먹고 뭐 사달라고 하는 걸로
남편하고 같이 가겠다고 할 정도로 철이 없지는 않
다. 그보다 좋은 건 서로 여행에 대한 태도가 원인
이다.

같이 산다는 건, 같이 이 길고도 긴 인생길을 간
다는 건 생각처럼 평탄할 수는 없지만, 적어도 함께
하는 시간이 아깝지는 않아야 한다.

가끔 술에 취해서 데리러 오라거나 느닷없이 친
구들을 데리고 들이닥치기도 하지만, 그런 것도 사
람 좋아하는 성격 탓이니까 이해해준다. 왜냐하면
사람을 좋아하면 우리 집에도 내 주변 사람들에게
도 그만큼 하기 마련이니까.

내가 살아오면서 관계를 맺었던 지난 사람들, 지금 함께하는 사람들, 이제 앞으로도 보고 살 사람들을 줄줄이 늘어놓아 보니 내가 인조인간은 아니구나 싶다.

그렇지, 내가 인조인간이 아니듯이 내 주변 모두도 인조인간이 아니지. 모두가 고맙고 반갑다. 언제인가는 이 모두를 모아 내 가슴속 들판에 시 몇 개쯤 만들어놓고 싶다.

'어느 날 들판에서 노란 들꽃을 만났다.' 그렇게.

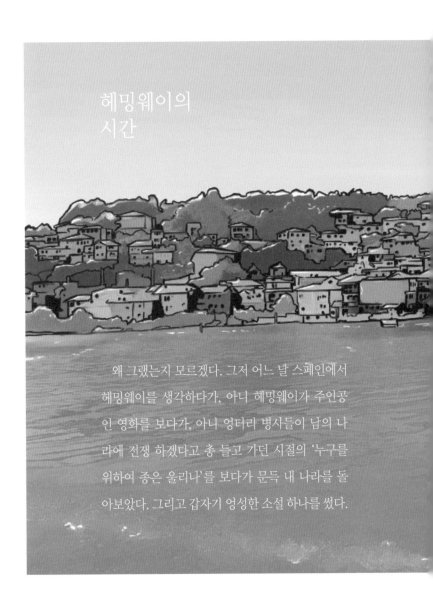

헤밍웨이의
시간

왜 그랬는지 모르겠다. 그저 어느 날 스페인에서
헤밍웨이를 생각하다가, 아니 헤밍웨이가 주인공
인 영화를 보다가, 아니 엉터리 병사들이 남의 나
라에 전쟁 하겠다고 총 들고 가던 시절의 '누구를
위하여 종은 울리나'를 보다가 문득 내 나라를 돌
아보았다. 그리고 갑자기 엉성한 소설 하나를 썼다.

얼굴이 하얗게 질린 지수는 손에 쥔 편지가 떨어지지 않는 듯 움켜지고 서 있었다. 충격을 겨우 가라앉히고 생각해보려 애를 쓴다. 어디서부터 잘못된 걸까. 도대체가 말이 되지 않는 일이 생겨버렸다. 지수는 자기한테 닥친 일을 도저히 받아들일 수 없었다.

딸이 생겼다. 이름도 얼굴도 알지 못했던 딸이 생겨버렸다. 스페인에서 자랐다는 아이, 도대체 왜 그 사람은 나를 그 아이의 엄마로 지목했던 걸까.

아이를 만나보면 진실을 알게 되겠지만 두려움이 앞선다. 지수를 엄마로 알고 있는 아이는 누구의 아이일까. 잊고 살았던 시간 동안 그에게 어떤 일이 있었던 걸까.

'어떻게 그럴 수가 있죠?'

그 아이가 묻는다면 뭐라고 대답을 해야 하지? 지
수를 엄마라고 알고 있는 아이에게 어떤 대답을 해
야 상처가 되지 않을지 고민을 했지만 어떤 식으로
든 아이에겐 상처가 되는 일이다.

　쿵. 문 닫히는 소리가 마음 떨어지는 소리보다 더
크게 들려온 건 끼익거리며 끌려오는 캐리어의 무
게만큼 시간의 무게가 더해졌기 때문일 거다.

　엘리베이터 문이 열리고 들어서자마자 유리에 비
친 얼굴이, 지수는 오늘따라 더욱더 맘에 안 든다.
　'이런 기분, 정말 싫다.'

　원했던 일도 아니고 잘못한 일도 아닌데 왜 이런
일이 생긴 거지? 지하에 도착해서 차를 타려고 하
다 보니 열쇠가 없다.

'휴, 되는 일도 없네.'

그냥 포기하고 정문으로 나갔다. 공항 가는 버스를 타야 하는데, 운이 좋다면 비행기 이륙시간에 도착해 탈 수 있을 테고 시간이 안 맞으면 택시라도 타면 돼. 어떤 상황이 되더라도 집에 도로 올라가기 싫어 캐리어를 끌고 어둑한 새벽길을 따라 정류장까지 걸어간다.

이른 시간이라 그런가 정류장엔 사람이 별로 없다. 5시 20분 버스는 이미 떠났고 다음 버스 시간은 5시 40분. 버스표를 예매하고 풀썩 자리에 앉아서 시간을 보니 앞으로 20분은 기다려야 한다.

정류장 안에 있는 조그만 카페가 보인다. 잠을 못 자서 몸은 천근만근, 캐리어 끌고 그쪽으로 움직이기 귀찮았지만 따뜻한 커피 한잔이 간절해져 일어서 카페로 향했다.

  너무 이른 시간이라 문은 닫혀 있고 밖에서 본 텅
빈 카페 안은 지금의 내 상황과 묘하게 닮아 보인
다. 자판기 커피라도 마시려고 자판기에 동전을 넣
고 밀크커피를 눌렀다.

  달다. 인생이라는 게 달기만 하면 나머지 맛은 알
수 없지. 종이컵에 담긴 남은 커피를 다 마셔야 하
나 고민하며 밖을 보고 있자니 새벽바람의 차가움
에 한기가 든다.

  시간이 되었는지 사람들이 하나둘씩 나타나기
시작하고, 버스가 바람과 함께 들어온다.

  버스에 앉고 보니 떠난다는 게 사실로 다가온다.
바람은 사라지고 버스가 움직인다. 따뜻한 공기가

사람들의 온기로 미세한 먼지처럼 섞여 들어온다.

시동을 건 버스는 망설임 없이 출발한다.

120

'잘 다녀올게요.'

지수는 남편에게 인사를 남기고 아이에겐 사랑
한다는 문자를 보냈다.

사는 동안 변덕스런 날씨처럼 한두 번쯤은 폭풍
이 몰아치고 비가 내리고 눈이 내린다 해도 우산 없
이 비를 맞지 않을 거란 자신감이 있었고, 그 자신
감을 가질 수 있었던 건 남편을 향한 흔들림 없는 믿
음과 늘 한결같은 아이가 있기 때문이었다.

그렇지만 뭐, 바람은 늘 한쪽을 향해 부는 건 아
니니까. 울창한 숲에서도 바람은 불어오고 앙상한
나뭇가지에서도 바람은 불어오듯이, 행복한 만족
을 느끼며 살아가는 내 삶에 세찬 바람이 불어, 송
두리째 흔들리게 할 일이 있을 거라는 건 상상할 수
도 없었다.

바람이 어디서부터 불어올지 알 수 없는 것처럼 잊고 살았던 사람의 존재, 예기치 않은 편지 한 통, 그리웠다거나 가끔씩이라도 생각해본 적 없던 사람의 갑작스러운 존재의 부침, 잊고 있었던 추억의 귀환, 추억이랄 수도 없는 흐린 기억 속의 시간.

'아니, 아니다.'

예기치 않은 상황에서 시작도 끝도 알 수 없는 일이 벌어진 것일 뿐. 그냥 막다른 골목에서 나아갈 수도 돌아 갈 수도 없는 갑갑스러움, 잊힌 사람과 잊은 사람 사이의 기억의 틈의 간격이다.

그냥 그런 것이다. 그렇더라도 정리라는 게 필요했다.

몇몇 정류장에서 사람들이 오르고 내린다. 버스

기사의 안내방송이 이어졌다 끊어졌다 하니 라디
오 음악 소리도 그것에 맞춰 이어지다 끊어지다를
반복한다. 햇빛이 들어오는 쪽 자리에 앉은 탓에 햇
빛이 다 지수에게로 온다.

　밝음 속에 가만히 앉아 있으면 모든 게 느슨해진
다. 고속도로라 흔들리지는 않아도 버스에 앉아 음
악을 들으면 단단했던 마음도 느긋해진다. 음악은
기억을 불러내기도 한다. 잊고 지냈던 기억, 잊어야
했던 기억까지.

　폭포수처럼 밀려들고 흘러나오는 노래는 현재의
지수를 망각하여 불러낼 수 없게 다 숨겨버렸다. 잔
잔한 노래로 이어지더니 밤을 꼬박 새우고 나온 터
라 어느새 잠이 들었나 보다.

　"인천공항에 내리실 분……."

기사의 안내 소리에 겨우 눈을 뜨고 내릴 준비를
한다. 거쳐온 정류장이 많아서인지 마지막 공항에
서 내리는 사람은 몇 명 되지 않는다. 앞에서 캐리
어를 끌고 가는 사람들 뒷모습을 보며 그 틈에 쓸려
걸어가면서, 이렇게 떠나는 게 잘하는 짓인지 잠시
마음이 흔들린다.

　마음을 다잡고 빠르게 발걸음을 옮긴다. 도착하
니 8시 조금 넘은 시간. 어느 공항에서나 보듯이 여
전히 공항은 이곳저곳 사람들이 밀물처럼 밀려들
고 썰물처럼 빠져나간다.

　다 사연이 있겠고 볼일이 있겠지만 왁자지껄 소
음은 활기참보다는 알 수 없는 허전함을 느끼게 한
다. 사람들은 바쁘게 움직이고 지수 혼자만 갈피를
못 잡고 멍하니 서 있다.

12시 20분 출발. 남은 시간 동안 무엇을 해야 하
나. 초조한 마음이 시간을 더 더디게 흐르게 하고
갈피를 잡지 못한 상황은 선택의 기회를 주는 건 아
닌지 생각하게 했다.

말도 없이 문자 하나 달랑 남기고 나왔으니 마음
이 편치 않은 지수는, 무슨 일인가 걱정하고 있을
남편 생각에 포기하고 아무 일 없었다는 듯이 집으
로 돌아가고 싶은 마음에 고개를 젓는다.

'내가 그렇지, 모.'

아프지도 슬프지도 않은데 알 수 없는 무언가를
잃어버린 기분이라면 지금 지수의 마음이 그렇다.
마음이 변할까 우선 짐부터 부치고 커피를 마시기
위해 입국장에 들어섰다.

배는 고프지 않으니 밥 먹을 생각은 없고 달달함과 깔끔함으로 기분전환이 필요했다. 카페에 가 앉아서 커피잔을 들고 천천히 주위를 둘러보니 사람들이 눈에 보이기 시작했다. 어디들 가세요? 어떤 사연으로 가시나요?

바쁘게 움직이는 사람, 고단한지 의자에서 새우잠을 자는 사람, 커피를 마시며 두리번거리는 사람, 그리고 여러 인종의 사람들.

같이할 수 없는 것과 같이할 수 있는 것, 나눌 수 있는 것과 나눌 수 없는 것, 쓸쓸함과 따뜻함. 갑자기 내리는 비는 피할 수가 없으니 그냥 다 맞을 수밖에 없다. 소나기니까.

이야기를 들어줄 것 같은 사람 앞에서 사람들은 이야기를 내놓는다. 우리가 그랬을까?

스페인, 오래전 젊은 날 이유도 없이 훌쩍 간 곳. 좋아하는 소설가 헤밍웨이가 살았던 곳이라서도 아니고, 그가 쓴 《누구를 위하여 종은 울리나》의 모티브가 된 그곳이 궁금해서도 아니었다. 지중해, 파란 바다와 뜨거운 태양을 보고 싶어서도 아니었다.

그냥, 이것도 저것도 아닌 그냥.

128

처음부터 그곳이었고, 핑계를 댄다면 비행기를
탈 시간과 맞았고 그래서 비행기표를 끊었고 그곳
을 선택한 거라고. 그때는 그랬다고.

가끔씩은 그 하늘과 계곡이 생각나던 곳, 헤밍웨이 소설 《누구를 위하여 좋은 울리나》가 영화가 되었을 때 스크린으로 보여지던 곳, 조던과 마리아가 만난 곳.

계획을 세우지 않고는 하지 않았던 여행, 가족에게 말없이 떠난다는 건 평상시의 지수가 아니다. 그래도 잠깐이라도 허물어지는 마음을 보이는 것보단 단단하게 평상심을 되찾을 심장이 필요했다. 그러기 위해서 떠나야 했고 길을 찾아야 했다.

여행은 상처를 낫게 하는 치유이기도 하다는 어떤 이의 말이 아니더라도, 떠나야 할 이유는 충분하므로 이번 여행은 지금의 지수에게도 절실했다.

'그럼, 잘 다녀오겠습니다.'

혼자만의 인사를 하고 빨려들듯 입국장 안으로
들어갔다.

12시. 비행기를 타려는 사람들이 줄을 선다. 이
제 또 다른 시간 속으로 들어가는 거다. 비행기표
를 확인하고 승무원의 안내를 받으며 자리에 앉았
다. 창 옆이라서 정오의 태양이 창을 통해 어지없이
빛을 쏟아낸다.

이륙하기 전까지는 덮개를 내릴 수도 없어 선글
라스라도 쓰려고 찾아보니 짐 가방에 넣어두었는
지 보이지 않는다. 눈을 잔뜩 찡그리며 앞을 보고
있자니 마음도 찡그려지는 거 같다. 옆에 앉아서 가
는 사람이 없었으면 하고 은근히 기대를 하고 눈
을 감는다.

사람들이 두리번거리며 제자리를 찾아 앉고, 지나가는 들썩거림에 몇 분의 시간이 흐르고, 마침내 승무원의 이륙 안내방송이 나온다. 비상탈출에는…… 그냥 죽지 모.

잠을 청해보지만 잠이란 것이 처음부터 없었던 듯 잠은 오지 않고 머리만 아파온다. 상상은 있지도 않은 일을 만들어내고 있었던 일은 삭제할 수 있다. 분명한 건, 우리는 기대할 만큼의 일이 없었다는 거다. 우연히 만났고 잠깐의 시간을 공유했으며 헤어졌다. 누구였어도 그럴 수 있는 일이었고 그 순간이 즐거웠다. 잊고 있었던 청춘의 시절을 말할 수 있었고 그 시절로 돌아갈 수 있었으니까.

그게 전부였다. 순간에 사랑을 했다거나 억지로 잊을 만큼의 추억을 갖지 않았으니, 이 모든 일이 이해 안 되는 게 지수에겐 당연한 일이었다.

왜 나였을까? 버리지도 품지도 못한 채 어째서 담고만 살았을까? 물을 수도 들을 수도 없을 답. 지수는 계속 머리에서 맴도는 찾을 수 없는 답을 물어보고 또 물어본다.

잊고 살았던 사람은 끝까지 잊고 살았어야 한다. 누구든 청춘의 시절이 있었고 불타는 사랑이라 여기며 몸서리치던 시간도 있었을 거다.

지수는 그저 그렇게 시간을 보냈고, 그 아이는 집착하고 있었을까? 예기치 않던 만남이 그에겐 다른 감정을 갖게 했던 걸까? 묻고 대답하다 보니 낮과 밤이 뒤섞이듯이 더 아득해진다.

그렇다 하더라도 평범했던 만남이 기억이 되고 뾰족한 칼날이 되어 상처를 내어 편지 한 통으로 편안했던 그녀의 일상을 이렇게 흔들어버릴 수 있다는 사실이 더 아이러니한 일이 아닌가!

아는 척하지 말걸, 그냥 모른 체할걸. 낯섦이 사
람을 외롭게 한 탓인 거지.

캔버스의 유화처럼 저녁노을에 하늘이 물드는
광경을 본 지 얼마 되지 않은 듯한데 어느덧 밤이
다. 좋지도 않은 기상에 비행기가 용트림을 쳐도 그
녀는 하나도 겁이 나지 않았다.

몇 번의 기상 변화로 비상등이 켜졌다 꺼지고 승
무원들이 부산하게 움직이는 소리가 들려왔다 사
라진다. 가끔씩 들리는 아이의 칭얼거림, 달래는 부
모의 소곤거림으로 시간의 흐름을 감지할 뿐, 여러
가지 감정의 생각들로 장시간 비행하는 불편함도
느낄 수 없었다.

쌀쌀해지는 기온에 담요를 뒤집어쓰고 잠을 청해보지만 윙윙 비행기 엔진 소리에 잠자기를 포기하고 앞의 모니터에 집중한다.

언제 적 영화인지 고전 영화의 장르를 켜고 보니 한 번쯤 본 영화가 상영되고 있다. 일부러 한국어 메뉴를 정하지 않고 알아든지 못하는 언어에 집중하다 보니 피식 웃음이 나온다.

창문의 덮개를 살짝 올려보니 찰나의 새벽은 지나고 날은 이미 밝아 빨갛게 태양이 타오르고 있다. 아침을 나눠주려 승무원들이 부산하게 움직인다. 좁은 비행기 안에서도 하루는 어찌 이리 똑같은지. 한 번도 움직이지 않은 몸을 일으키어 화장실로 향한다. 다들 세수를 하려는지, 아니면 볼일을 보려하는지 줄을 서서 기다린다.

몸을 움직여본다. 끼익 소리가 날 것 같다. 어제 하루 종일 굶은 탓에 조식으로 간단한 죽을 먹기로 했다. 밍밍한 죽을 입안에 우물거리다 보니 허기가 더 올라온다.

당황스럽다.

나, 뭐 하는 거지? 낯선 공간, 모르는 사람들 사이에 끼어 앉아서 뭐 하냐? 삶은 교통사고처럼 알 수 없는 일을 만들어낸다. 교통사고라면 조금만 상처 입게 되기를. 상처가 깊으면 아무는 시간도 오래 걸릴 것이기 때문이다.

누구하고도 눈을 마주치고 싶지 않아 다시 영화를 보다가 깜빡 잠이 들었나 보다. 기장의 안내방송이 흐른다. 어쩌구저쩌구 중요치 않은 말, 잘 왔으니 다행이고, 잘들 가시라는 내용이겠지.

두바이에 도착. 직행으로 스페인으로 가는 비행
기가 아니라서 두바이를 경유해야 한다. 짐을 찾아
마드리드로 가는 비행기를 갈아타야 하니 4시간의
시간이 주어졌다. 그것도 두바이공항 안에서.

빨리 나가야 갈 곳도 없을 텐데 사람들은 빨리 나
가려고 웅성웅성 소리치고 뒤엉켜 비행기는 어수
선해진다. 바쁠 거 없는 그녀는 꼭 구경꾼이 된 듯
하다. 공항을 기웃거리다 보니 살 것도 할 것도 없
다. 커피나 마시며 시간을 보내기로 하고 공항에 있
는 작은 카페에 자리를 정했다.

그녀처럼 비행기를 기다리는 사람들이 대부분이
어서 카페엔 빈 자리가 별로 없다. 에스프레소 한
잔을 시켜 빈 자리에 앉아 핸드폰을 꺼냈다.

공항에서 핸드폰을 꺼놓은 뒤 처음으로 켰다. 남

편과 아들로부터 온 부재중 전화. 마음이 삐걱거린
다. 두바이 도착이란 말과 걱정하지 말라는 메시지를
차례로 보내고 다시 핸드폰을 꺼놓았다. 얼마간의 시
간이 흐르고 스페인으로 가는 비행기에 다시 올랐다.

장시간의 비행에 온몸이 다 뻐근한 이유 말고는
그녀가 생각하고 혼자 있기엔 그럭저럭 괜찮은 시
간이었다. 비슷한 사람들과 비슷한 승무원들. 앞으
로 도착까지는 8시간을 더 가야 한다. 그래도 잠시
라도 쉬어서인지 더 지루하지 않았다.

마드리드공항은 컸지만 유럽의 여느 공항과 마
찬가지로 소박하다. 지수는 어디로 가야 할지 갈 곳
을 정하지 못한 채 우선 짐을 찾아 공항을 벗어나
기로 했다.

패키지로 온 여행객들이 깃발 밑으로 모여 있는

낯설지 않은 풍경이 보이고, 인솔자 아니면 가이드
의 말에 귀 기울이던 사람들이 그들을 태울 버스 쪽
으로 이동하고 나니 공항은 금방 한산해진다.

지중해가 있는 스페인은 한없이 높아 보이는 하
늘, 습도도 느낄 수 없이 온몸을 태울 듯한 태양, 까
닭 모를 매력을 갖고 있는 나라이다.

이해하지 못할 언어가 적힌 여행 책자를 펴들고
한참을 서 있다 보니 외로움이 두려움보다 한 발 앞
서기 시작한다. 첫날이니 우선 가까운 호텔에서 하
룻밤을 보내기로 한다.

짐을 풀고 호텔에서 가까운 카페에서 가장 흔한
커피 한 잔과 티라미수를 주문했다. 무사히 도착했
다는 안도감 때문인지 달콤한 케이크가 더 달콤해
져 피곤함이 가시는 느낌이 들었다.

혼자 있는 동양 여자가 궁금했는지 주인인 듯 매
니저인 듯, 슬며시 인사를 건넨다. 낮잠을 청하는
'시에스타'임에도 불구하고 문을 닫은 가게가 거의
없는 거 보니 스페인을 찾는 여행객들이 많아지긴
했나 보다.

익숙한 말소리에 고개를 돌려보니 한국말을 하는 사람들이 무더기로 서 있다. 무리져 있어도 그들이나 그녀나 다 이방인, 그녀가 그들을 보듯 그녀를 보는 그들의 생각도 같을 거라 생각하니 피식 웃음이 베어 나온다. 잠깐 동안이라도 그들 속에 섞이고 싶어졌다.

해질녘 스페인의 하늘은 눈에 새기고 싶을 만큼 멋지다. 배도 고프지 않고 먹고 싶은 생각도 없던 그녀는 저녁을 생략하고 일찍 잠자리에 들었지만, 비행기에서 잠깐 잤던 탓인지 시차 때문인지 잠자리가 불편해서인지 잠이 오지 않아 서성이다 음악을 듣는다.

가을의 끝, 초겨울의 풍경이 아침에 일어나니 불쑥 냉기와 함께 찾아들어, 지수는 얇은 카디건 하나를 걸치고 호텔에서 간단하게 크루아상과 커피로

아침을 먹고 짐을 챙겨 나왔다.

유럽에서 가장 복합적인 문화를 가지고 있는 나라, 소설가 세르반테스, 건축가 가우디, 화가 피카소를 배출한 나라.

문명은 발달해도 전통과 문화는 바뀌지 않는 듯, 사람들 성질 또한 나라마다 다름이 느껴지는 건 당연한 일이 아닌가 싶다.

말을 모르니 버스나 지하철은 두렵고, 사람 좋아 보이는 기사가 운전하는 택시를 골라 탔다. 택시 안에서는 언젠가 친구가 들어보라고 소개해줬던 이웃나라 포루투갈의 전통음악인 파두의 여왕 아말리아 로드리게스의 노래 '어두운 숙명'이 흐르고 있다.

포루투갈 전통 노래 파두를 스페인 택시 안에서 듣고 있다니. 향수에 젖어들게 하는 비올라 연주와 비극적인 운명을 노래하는 아말리아의 젖은 목소리. 애잔함이 택시 안에 가득 찬다.

식민지 시대의 마감은 황혼의 시대를 예고했고 그 빈곤으로 인한 허탈감은 잔잔하다 못해 애잔하다. 잃어버린 시간을 찾아 헤매는 짚시들의 검은 머리칼에 꽂힌 빨간 장미가 더 이상은 정열적이지 않은 그들의 꿈을 대변해주는 것인 듯해 그녀의 마음을 아프게 한다.

더구나 택시 안에서 보이는 거리에서 노란 얼굴의 이민자들이 팔려고 손에 든 빨간 장미와 묘하게 오버랩되는 걸 보면서, 그렇게 살면서도 끝내 고국을 등진 그들 삶의 서글픔이 맘에 와 닿았다.

인생은 살아가는 것이 전부일 수도 있지만 어떻게 사는 게 더 중요한 건 아닌지 그녀는 생각해본다. 그들의 슬픔과 어우러지는 음악이 절정을 향해 달리고 있다.

택시는 지수를 거리에 내려놓고 사라진다.

구시가지와 신시가지를 연결하는 벽돌 하나하나를 쌓아올려 만든 아치형의 누에보 다리. 다리를 건넌다. 사람들이 오간다. 만남은 늘 예기치 않는 곳에서 시작된다.

그와 내가 그랬듯, 해가 저무는 하늘은 세상을 더 멋지게 만들어낸다. 그날도 이렇게 바람이 불었나?

혹시, 한국에서 오셨나요? 그가 물었지. 네. 그녀가 대답했고, 타국에서 같은 나라 사람을 만났다는

반가움이 남자라는 경계심을 풀게 했는지, 처음 봤
는데도 오래 알아온 느낌이 들었었다.

　　그 후에 알게 되었다. 오래전에 알고 있었던 사
람이었다는 걸.

　　그리고 그 사람이 처음 한 말. "어때요? 이곳, 좋
은데요, 아주." 그리고 아무 말 없이 걸었다. 같이
걷는 것에 익숙한 사람들처럼.

　　한참을 걷다가 서로 바라보며 미소를 지었다.

　　"우리, 그만 걷고 차 한잔 할까요?"

　　그가 물었다.

　　작은 식당에 들어가니 예쁜 타일과 테라스가 눈

에 들어왔다. 테라스에서 차를 마시기로 하고 자리에 앉으니 론다 시가지가 한눈에 들어온다. 걸을 때는 몰랐던 어색함이 마주 앉으니 밀려든다.

어색한 웃음을 짓는다.

"어디서 오셨나요?"
"한국요."

하하하하. 그 사람은 엄청난 유머라도 들은 듯 큰 소리로 유쾌하게 웃었다.

"어디서 오셨어요?"

그 사람은 아무 말도 하지 않았다. 그저 한국에서 왔다는 말을 들으려는 것이었는데 갑자기 아무 말도 하지 않으니 이상했다. 어디 외국에 사나? 검은 머리 외국인?

"전 한국인이 아닙니다."

"외국에서 태어났어요?"

"한국에서 태어났지만 한국이 모국은 아닙니다.
내겐 모국이 없죠."

"이해 못했어요."

"내가 과감하게 버렸습니다, 조국을."

농담처럼 말하고 웃는다.

"그런데 날 알아보지 못하네."

"네? 뭐라고요?"

"군산에서 자랐어요."

지수는 눈을 동그랗게 뜰 수밖에 없었다. 군산에
서 자랐다니.

"내 얼굴이 많이도 변했나 봅니다."

지수는 그제야 남자를 다시 자세히 바라보았다. 아, 그러고 보니 기억난다. 이 남자가 그 아이였다면, 기억나야 한다.

"경석?"

왜 이 사람이 그 아이였다고 생각 못했을까. 지수가 단발머리였을 때 이 사람은 까까머리였다. 고등학교를 서울로 가고 대학에 다니다가 행방을 모른다던 아이. 다들 죽었다고 하던 아이.

"그래, 횟집 아들."

지수는 멍하니 경석을 바라보았다. 너, 너희 부모님 돌아가셨을 때도 고향에 오지 않았잖아. 너 죽었잖아. 다들 그랬는데, 너 죽었다고.

"죽지는 않았지만 이제 대한민국에서는 내가 죽은 거나 다름없지. 인구수에서도 확실하게 마이너스 카운트 되었을 테니까. 내가 먼저 나라를 버린 게 아니라 나라가 먼저 나를 버렸어."

"무슨 일이 있었던 거야?"

지수의 물음에 경석이 그냥 싱긋 웃었다. 말하고 싶지 않은 거구나. 그런데 나라가 국민을 버리는 경우가 어디 있니?

"술이나 마실까?"

경석은 길 건너 술집을 가리켰다.

"이 나라에서는 와인을 마시는 게 좋아. 세계에

서 세 번째로 와인이 많이 나오는 나라니까."

술은 어쩌면 암예방에 아주 좋은 것인지도 모른
다. 평소의 제어를 풀어주기 때문이다. 제어가 풀리
면 스트레스가 풀린다.

경석은 자리를 옮긴 다음에도 쓸데없는 말만 늘
어놓다가 술이 조금 오르자 지나간 시간을 듬성듬
성 털어놓았다.

"잡혀갔었어, 기자 하다가. 메이저 언론은 아니
었지. 그냥 작은 잡지사였어. 그래서 힘도 없이 끌
려가서 뭐 죽지는 않았으니까 다행이라고 해야 할
까? 그렇게 말할 만큼 맞았어. 내가 왜 안 죽는지 그
게 이상할 만큼 맞았지. 맞으면서 생각했어. 내게
왜 이러나. 내가 이 나라에 뭘 원해서 이러나."

흔한 이야기. 누구나 아는 흔하디흔한 이야기.

"당할 때는 내가 이상했는데 말이야. 죽지 않고
나와서 보니까 갑자기 그런 생각이 들더라. 나라가
나한테 왜 이러나. 이 나라는 나한테 왜 이래야 하
나. 난 그저 아무 줄도 빽도 없고 힘도 없는 나약
한 기자 나부랭이인데, 이 나라가 왜 나한테 이러
는 거냐. 내가 나라 망치려고 간첩이 되어서 온 것
도 아니고 이민을 온 놈도 아닌데. 난 정말 개미새
끼 하나도 죽이지 못해. 그러니까 국가라는 거대한
조직을 상대로는 돌멩이 하나 옮기지 못할 놈인데
말이야."

경석은 쿡쿡 웃었다.

"결국 난 조국을 버렸어. 내가 태어난 것조차 내
가 원한 게 아니었던 데다가 내가 거기서 살려고 선

택하지도 않았으니까."

　지수는 경석을 물끄러미 바라보았다. 너 참 삐뚤
어졌다. 그래서 넌 달아나서 여기 살고 있고 다른
사람들은 지금도 힘들게 싸우고 있다는 걸 어떻게
설명할래? 독립투사들이 오지도 못하고 가지도 못
하던 그 길 위에 서서 하던 고민은 무엇이었겠니?
누구 말마따나 독립이 언제 될지 몰라서 독립운동
못했다고 하는 말과 뭐가 다르니? 생각은 그랬지만
질문을 돌렸다.

　"그래서 여기 사는 거야? 여기는 살 만해?"
　"집시처럼 살지. 사진도 찍어서 팔고 칼럼도 쓰
고……."
　"살 만한 나라냐고 물은 거잖아."
　"그럭저럭. 어차피 내 조국은 어디에도 없으니까
살게 해주면 사는 거지. 어느 나라든."

"결혼은?"

"결혼했지. 지난 겨울에 딸도 하나 생겼어."

"여기 여자랑?"

"아니, 집시. 내가 집시잖아."

경석은 킬킬 웃었다. 웃고 있는 그의 얼굴에서 지수는 고단한 인생을 엿보았다. 그래도 그다지 불쌍하지는 않았다. 내 언니도 너처럼 어딘가에 살아 있었으면 좋겠다.

"넌 행복하니?"

경석의 질문에 지수는 그저 웃었다. 행복이 주관
적인가, 객관적인가.

그해 5월 이후, 엄마는 반쯤 미쳤고 아빠는 더 미
쳐서 돌아다녔다. 언니는 종적이 없고 지수네 식구
는 언니를 찾아서 광주 근처를 가보지 않은 곳이
없다.

언니의 모습은 5월 중순 이후로 어디에도 없었
다. 그야말로 어느 날 갑자기 훅 지구상에서 저 먼
어느 별로 바람에 날아가기라도 한 것처럼 감쪽같
이 사라져버렸다.

그리고 그렇게 미쳐서 다니는 지수네 가족을 줄 기차게 따라다니는 사람들이 있었다. 언제나 그들 이 지켜보고 있었고, 불쑥불쑥 말도 아닌 문제를 가 지고 아버지를 불러냈다.

그래도 그 정도는 불행이 아니다. 불행에 기준이 정해져 있다면 말이다. 어느 날부터인가 아버지가 집 안에 언니가 있는 걸로 착각하면서부터 지수네 집은 그야말로 난파선이 되었다. 어마어마한 불행.

지수는 달아났다. 집을 외면하고, 사라진 언니를 외면하고, 엄마와 아빠를 외면했다. 어느 날 갑자기 하늘에서 뚝 떨어진 여자가 되었다. 같은 서울에 살 면서도 서로 연락하지 않았다.

정신이 나가버린 아빠는 처음부터 없었던 것으 로 결정했다. 언니는 태어난 적이 없는 것으로 결

정했다. 엄마는 가끔 전화하고 싶은 먼 나라에 있
는 것으로 결정했다. 그렇게 결정하고 철저하게 혼
자 살았다.

다음 날은 경석을 따라 골목을 주로 다녔다. 스
페인은 골목이 아름다운 나라라고 했다. 지수는 유
명한 곳보다 골목길을 다닌다는 게 좋아서 그저 따
라다녔다.

"어느 나라든 이름 없는 시골이 더 좋아."

어느 나라든 알려지지 않은 시골을 가본 적은 없
다. 스쳐 지나간 적은 있지만 찾아갈 일은 당연히
없었다.

"어느 시골?"
"엘라두라."

"왜?"

"군산 생각이 나면 가끔 가."

너도 군산이 그립기는 하구나.

야간열차를 탔다. 달리는 열차 안에서 물끄러미 지나가는 차창 밖 풍경을 바라보며 경석은 한마디도 하지 않았다. 지수도 마치 과거로 돌아간 듯한 시간의 역행을 느끼면서 잠자코 앉아서 어릴 적 군산을 그렸다.

언니가 사라지고 아빠가 미쳐버린 뒤 10년도 넘게 가지 않던 군산을 다시 가게 된 건 순전히 아빠의 죽음 때문이었다. 미친 상태로 10년이라니, 오래도 버틴 셈이다.

물론 그보다 몇 년 전, 엄마가 서울로 딱 한 번

올라올 수밖에 없었던 것은 결혼 때문이었다. 남편은 가짜 혼주를 세우겠다는 지수를 집요하게 설득해서 결국 엄마에게 연락했고, 결혼식에 아빠 없이 혼자 참석한 엄마는 말없이 다시 내려가서 소식이 없었다.

그렇게 다시 내려간 군산은 지수를 고향으로부터 더 멀어지게 했다. 좋은 기억이라고는 없고 온통 좋지 않은 소식들뿐이었다. 그중 하나가 바로 경석이네 일가족의 소멸 소식이었다. 완전한 소멸.

"군산 소식이 궁금하니?"

지수가 물었을 때 얼결에 돌아보는 경석의 눈에 눈물이 가득했다. 아, 이런 바보. 지수는 경석의 머리를 안았다. 울면 어쩌라는 거야.

경석은 지수의 가슴에 안겨서 어린아이처럼 훌쩍훌쩍 울었다. 지수는 경석을 달랬다. 머리를 쓰다듬고 뺨으로 흘러내리는 눈물을 닦아주었다. 지수는 자기가 위로하는 게 경석인지 자기인지 구분하지 못했다.

나도 위로받고 싶어.

바람에 안개비가 스쳐서 문득 정신이 들었다. 그때 아무 일도 일어나지 않았다. 그저 그는 지수의 품에 안겨서 울었고, 지수는 그를 안고 그 사람과 자신을 위로했다.

아이를 가질 리가 없고 아이는 여자가 낳는 거다. 그런데 그는 왜 딸아이에게 지수를 엄마라고 소개했을까. 아이의 진짜 엄마는 집시인데 어떻게 되어서 그 사람은 아이에게 줄곧 지수를 엄마라고 말해주면서 키워왔을까.

　이제 와 생각하니 그에게는 지수 자신이 없는 것으로 결정한 모국이 아니었을까 싶다. 그는 사실 자기가 태어난 나라에 돌아오고 싶었을까. 그래서 딸아이에게만은 네 아버지의 나라가 한국이라고 알려주고 싶은 것이었을까.

　'그 사람은 가족이 완벽하게 소멸된 나라여서 나를 끌어들인 것일까.'

　생각보다 잘 잔 것 같다. 호텔 창밖으로 햇살이 밝게 스며들도록 잠을 잤다. 일어나 세수를 하면서 아침을 먹을까 말까 잠깐 고민하다가 그냥 커피만 마셨다.

　커피를 마시면서 전화를 걸었다. 나는 네 엄마가

아니다. 그걸 말해주려고 온 것은 아니다. 그냥 모른 체해도 된다. 무언가 정리가 필요하다고 생각했다. 그리고 이제 선택해야 한다.

국가가 버린 그 사람이나 내 언니. 지수는 아주 오래전부터 이미 조국에 대한 애정을 버렸다. 정확하게 표현하자면 애국심이 없다. 국가는 그저 얼결에 태어나게 되어서 얼결에 적응하며 살아가는 환경에 불과했다.

환경은 가혹했다. 적어도 지수한테는 그랬다. 무엇을 잘하고 잘못하고의 구분은 없다. 그건 개인의 영역이 아니었다. 어느 날 권력자가 결정하면 그게 개인의 운명이 된다. 운명을 부여받은 개인은 지옥을 살게 된다. 10년, 20년, 한 세대, 두 세대⋯⋯. 시작된 지옥살이는 끝나지 않는다.

セ

세월이 흘러도 가족 전체가 떠내려가던 기억은 지수에게 영원히 지워지지 않는 상처로 남았다. 결국 짱돌을 손에 쥐고 길거리에 나가고 미친 듯이 시위를 한 것도 애국심 때문이 아니었다.

억울해서였다.

아이는 동양계가 확실했다. 그 사람을 닮았고 머리칼도 눈동자도 새까만 동양 소녀였다. 서로의 시선에서 반가움은 없었다. 아이는 데면데면했다.

낯선 여자가 자기 친엄마라는 사실을 받아들이려고 애쓰는 걸까. 아니면 원망을 해야 하나 반가워해야 하나 망설이는 것일까.

"누구와 사니?"
"친구들과 어울려 살아요."

"집시들?"

아이는 고개를 끄덕였다. 지수도 영어가 짧고 아이도 영어가 짧았다. 서로 깊은 이야기는 통역이 필요하겠지. 하지만 준비한 이야기는 해야겠다.

"난 네 아빠 친구야. 오로지 친구. 네 아빠가 나를 엄마로 지목한 건 아마도 네게 조국과 연고를 만들어주고 싶어서였을 거야. 그러니까 언제라도 내가 필요하고 한국에 오고 싶으면 와도 돼."

아이의 시선이 흔들렸다. 지수는 아이의 반응에 상관 없이 자기 말만 했다.

"조국이 없는 것보다는 있는 게 낫다고 생각했을 수도 있고 네게 후견인이 필요해서였을 수도 있지. 네 후견인이 되어줄게. 하지만 국적은 여기가 나을

거야. 한국인이기보다는 집시가 낫다, 확실히.”

아이의 눈에 놀라움과 실망의 빛이 나타났다. 지
수는 내처 말했다.

“한국은 웃기는 나라야. 네게 실망만 안길 거야.
그러니까 한국 사람은 되지 마.”

지수는 어떻게 반응해야 할지 몰라서 당황한 아
이에게 메모지를 내밀었다.

“여기 네 은행 계좌를 적어. 그랬다가 살아가면
서 돈이 필요하면 연락해. 외로워서 누군가가 필요
하면 연락해. 국적은 안 돼.”

지수는 최대한 차갑게 말했다.

"섭섭하게 생각하지 마. 도움이 필요할 때는 자존심 세우지 말고 연락해. 난 네 아빠 친구야, 고향 친구."

아이와 헤어져서 돌아오면서 아이를 한번 안아주지 않은 것을 후회했다. 바람 부는 거리를 걸으면서 내내 가슴이 아파서 숨을 쉬기 어려웠다. 그래도 잘했다고 생각했다.

이건 그냥 복수야. 한국인으로 태어난 것에 대한 복수, 한국에 대한 복수, 더 이상 국민이 필요해도 국민이 되어주지 않는 복수, 국가라는 권력과 시스템에 대한 복수.

호텔로 돌아와 전화를 걸었다.

'어, 여보.'

남편은 반갑게 전화를 받았다. 낯익은 목소리. 난파선이 되어서 떠도는 우리 가족을 잡아준 남자, 사랑해주고 위로해준 남자. 그 힘으로 살아남았다.

"집에 갈게요."
'응? 벌써? 오래 걸릴 수도 있다면서?'
"아녜요. 당신이 보고싶어요."
'으하하, 내가 좀 매력적이기는 하지.'

전화를 끊고 짐을 싸기 시작했다. 옷가지를 꾹꾹 눌러 담았다. 쓸데없이 버릇처럼 들고 온 무거운 책을 빼버릴까 생각하다 그냥 챙겨넣었다.

항공사에 전화를 하고 창가에 앉아 잠시 오후의 햇살이 비치는 거리를 바라보았다. 멀리 광장 귀퉁이에 집시들이 조악한 기념품들을 파는 수레가 눈에 들어왔다.

나라 없는 게 뭐 어때.

2017년 봄, 스페인에서

에필로그

이런 수다가 책이 되어도 좋은지 모르겠다. 그저 주절주절 친구들과 노닥대듯 '혜윰' 식구들과 짧은 글들을 되는대로 주고받다가 어느 날 쌤(?)의 제안을 덜컥 받아들여서 책이 되었다. 엉성하고 가볍고 제멋대로지만 부끄럽지는 않다. 누군가가 물어보면 이렇게 대꾸하겠다.

"그냥, 내고 싶어서 냈어."

내가 내고 싶어서 냈다. 누군가는 공감해주고 자기 멋대로 하고 싶은 것만 하고 사는 용기를 내지 않을까 싶어서 냈다.

살고 보니 인생은 순전히 정답으로만 이루어져 있는데 왜 세상 사람들은 자꾸만 '내 인생은 오답투성이'라고 말하는 걸까. 심지어는 우리들 인생이 오답투성이라고 싸잡아서 말한다.

그러지 말자. 우리는 누구나 의미를 가지고 살고 있고 무조건 잘 살고 있는 거다. 이제는 죽고 없는 어느 외국인의 말을 빌려서 끝을 맺고 싶다.

"당신의 시간은 유한합니다. 그러니 당신 자신을 위한 삶을 사세요(Your time is limited, so don't waste it living someone else's life)."

인생은

–

언제나

–

정답이다

인생에 관한

–

아흔아홉 가지

–

오답

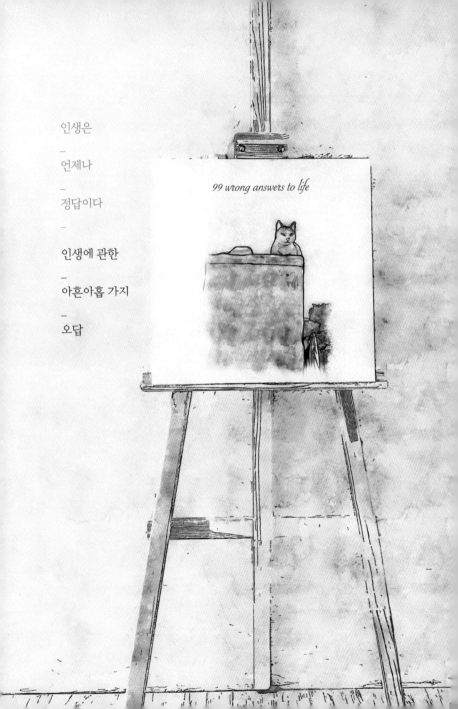

99 wrong answers to life

찬란한 눈물 같은
당신 인생을 위한 따뜻한 해답

사랑하는 나야, 그동안 수고했어

어떻게 하면 내 인생을 사랑할 수 있을까?
지치지 않고 항상 긍정적으로 살아갈 수 있는
최고의 비법을 담은 작품.

백정미 지음 | 에세이 | 280쪽 | 13,800원

내 삶을 지켜줄 최고의 긍정비법

죽을 만큼 힘들어도
나는 울지 않기로 했다

내 삶의 뿌리 끝까지 긍정하는 것이 진정한 긍정이다.
긍정으로 삶의 위기와 고난을 이기고
진정한 삶의 승리자가 되는 방법을 제시한 작품.

백정미 지음 | 에세이 | 272쪽 | 13,800원

알아두면 *잘난 척*하기

영단어 하나로 역사, 문화, 상식의 바다를 항해한다

알아두면 잘난 척하기 딱 좋은 영어잡학사전

이 책은 영단어의 뿌리를 밝히고, 그 단어가 문화사적으로 어떻게 변모하고 파생되었는지 친절하게 설명해주는 인문교양서이다. 단어의 뿌리는 물론이고 그 줄기와 가지, 어원 속에 숨겨진 에피소드까지 재미있고 다양한 정보를 제공함으로써 영어를 느끼고 생각할 수 있게 한다.

영단어의 유래와 함께 그 시대의 역사와 문화, 가치를 아울러 조명하고 있는 이 책은 일종의 잡학사전이기도 하다. 영단어를 키워드로 하여 신화의 탄생, 세상을 떠들썩하게 했던 사건과 인물들, 그 역사적 배경과 의미 등 시대와 교감할 수 있는 온갖 지식들이 파노라마처럼 펼쳐진다.

김대웅 지음 | 인문·교양 | 452쪽 | 22,800원

본래 뜻을 찾아가는 우리말 나들이

알아두면 잘난 척하기 딱 좋은 우리말 잡학사전

'시치미를 뗀다'고 하는데 도대체 시치미는 무슨 뜻? 우리가 흔히 쓰는 천둥벌거숭이, 조바심, 젬병, 쪽도 못 쓰다 등의 말은 어떻게 나온 말일까? 강강술래가 이순신 장군이 고안한 놀이에서 나온 말이고, 행주치마는 권율장군의 행주대첩에서 나온 말이라는데 그것이 사실일까?

이 책은 이처럼 우리말이면서도 우리가 몰랐던 우리말의 참뜻을 명쾌하게 밝힌 정보사전이다. 일상생활에서 자주 쓰는 데 그 뜻을 잘 모르는 말, 어렴풋이 알고 있어 엉뚱한 데 갖다 붙이는 말, 알고 보면 굉장히 험한 뜻인데 아무렇지도 않게 여기는 말, 그 속뜻을 알고 나면 '아해'하고 무릎을 치게 되는 말 등 1,045개의 표제어를 가나다순으로 정리하여 본뜻과 바뀐 뜻을 밝히고 보기글을 실어 누구나 쉽게 읽고 활용할 수 있도록 하였다.

이재운 외 엮음 | 인문·교양 | 552쪽 | 28,000원

철학자들은 왜 삐딱하게 생각할까?

알아두면 잘난 척하기 딱 좋은 철학잡학사전

사람들은 철학을 심오한 학문으로 여긴다. 또 생소하고 난해한 용어가 많기 때문에 철학을 대단한 학문으로 생각하면서도 두렵고 어렵게 느낀다. 이 점이 이 책을 집필한 의도다. 이 책의 가장 큰 미덕은 각 주제별로 내용을 간결하면서도 재미있게 설명한 점이다. 이 책은 철학의 본질, 철학자의 숨겨진 에피소드, 유명한 철학적 명제, 철학자들이 남긴 명언, 여러 철학 유파, 철학 용어들을 망라한, 그야말로 '세상 철학의 모든 것을 다루었다. 어느 장을 펼치든 간결하고 쉬운 문장으로 풀이한 다양한 철학 이야기가 독자들에게 철학을 이해하는 기본 상식을 제공해준다. 아울러 철학은 우리 삶에 매우 가까이 있는 친근하고 실용적인 학문임을 알게 해준다.

왕잉(王穎) 지음 / 오혜원 옮김 | 인문·교양 | 324쪽 | 19,800원

딱 좋은 시리즈!

역사와 문화 상식의 지평을 넓혀주는 우리말 교양서

알아두면 잘난 척하기 딱 좋은 **우리말 어원사전**

이 책은 우리가 무심코 써왔던 말의 '기원'을 따져 그 의미를 헤아려본 '우리말 족보'와 같은 책이다. 한글과 한자어 그리고 토착화된 외래어를 우리말로 받아들여, 그 생성과 소멸의 과정을 추적해 밝힘으로써 올바른 언어관과 역사관을 갖추는 데 도움을 줄 뿐 아니라, 각각의 말이 타고난 생로병사의 길을 짚어봄으로써 당대 사회의 문화, 정치, 생활풍속 등을 폭넓게 이해할 수 있는 문화 교양서 구실을 톡톡히 하는 책이다.

이재운 외 엮음 | 인문 · 교양 | 552쪽 | 28,000원

인간과 사회를 바라보는 심박한 시선

알아두면 잘난 척하기 딱 좋은 **문화교양사전**

정보와 지식은 모자라면 불편하고 답답하지만 너무 넘쳐도 탈이다. 필요한 것을 골라내기도 힘들고, 넘치는 정보와 지식이 모두 유용한 것도 아니다. 어찌 보면 전혀 쓸모없는 허접스런 것들도 있고 정확성과 사실성이 모호한 것도 많다. 이 책은 독자들의 그러한 아쉬움을 조금이나마 해소시켜주고자 기획하였다.

최근 사회적으로 이슈가 되고 있는 갖가지 담론들과, 알아두면 유용하게 활용할 수 있는 현실적이고 실용적인 지식들을 중점적으로 담았다. 특히 누구나 알고 있을 교과서적 지식이나 일반상식 수준을 넘어서 꼭 알아둬야 할 만한 전문지식들을 구체적으로 자세하고 알기 쉽게 풀이했다.

김대웅 엮음 | 인문 · 교양 | 448쪽 | 22,800원

신화와 성서 속으로 떠나는 영어 오디세이

알아두면 잘난 척하기 딱 좋은
신화와 성서에서 유래한 영어표현사전

그리스·로마 신화나 성서는 국민 베스트셀러라 할 정도로 모르는 사람이 없지만 일상생활에서 흔히 쓰이고 있는 말들이 신화나 성서에서 유래한 사실을 아는 사람은 많지 않다. '알아두면 잘난 척하기 딱 좋은 시리즈' 6번째 책인 『신화와 성서에서 유래한 영어표현사전』은 신화와 성서에서 유래한 영단어의 어원이 어떻게 변화되어 지금 우리 실생활에 어떻게 쓰이는지 알려준다.

읽다 보면 그리스·로마 신화와 성서의 알파와 오메가를 꿰뚫게 됨은 물론, 이들 신들의 세상에서 쓰인 언어가 인간의 세상에서 펄떡펄떡 살아 숨쉬고 있다는 사실에 신비감마저 든다.

김대웅 지음 | 인문 · 교양 | 320쪽 | 18,800원

인생은 언제나
정 답 이 다

인생에 관한 아흔아홉 가지 오답

책마을